散文精选

李春雷/著

河北出版传媒集团
河北人民出版社
石家庄

图书在版编目（CIP）数据

李春雷散文精选 / 李春雷著. -- 石家庄 ：河北人民出版社，2025. 5. -- ISBN 978-7-202-16825-7

Ⅰ. I267

中国国家版本馆CIP数据核字第2025ZQ0721号

书　　名	李春雷散文精选
	LICHUNLEI SANWEN JINGXUAN
著　　者	李春雷

责任编辑	高　菲　赵　蕊
美术编辑	王　婧
责任校对	汪　媛

出版发行	河北出版传媒集团　河北人民出版社
	（石家庄市友谊北大街 330 号）
印　　刷	河北新华第二印刷有限责任公司
开　　本	880 毫米×1230 毫米　1/32
印　　张	6.75
字　　数	106 000
版　　次	2025 年 5 月第 1 版　2025 年 5 月第 1 次印刷
书　　号	ISBN 978-7-202-16825-7
定　　价	48.00 元

自序
新时代需要新经典

说实话，对于中国当代散文，我有着与纪实文学同样的忧虑，那就是：表面繁荣，其实虚空。新潮涌动，经典未成。

古代经典散文，言简意赅，精美雅健。五四经典散文，珠圆玉润，曼妙蕴藉。

这一切，都形成了相对固定的中国散文审美，就像我们大部分人对美女的认定，对英雄的理解。

这，就是我们的散文传统。

20世纪50年代之后，散文创作进行了诸多探索，出现了不少名家，却因种种原因，总是激情有余，丰沛不足；造作太多，自然缺少。宣传化、功利化、小我化、表象化、干涩化，缺思想、缺才情、缺文体、缺刚峭、缺雅洁、缺灵性。

21世纪之后，不少作家更是左冲右突，标榜"新"散文，喊出多种反传统的口号，树立所谓新体例、新派别的大旗。要么狂野写作、飞天遁地；要么谈风吟月、情调小资；要么故弄玄虚、欧化洋派；要么标榜文化历史，资料堆砌、冗长庞杂。总之，阅读的感觉总不够精美，不能深入，远离经典特质，未能形成一种相对公认的新"硬核"。

新时代，需要有筋骨、有血肉、有温度、有精度、有深度、有高度的散文新经典！

现实中，由于散文创作门槛较低，作者众多，作品更繁。就像写字，人人可为，写一手娟秀者大有人在，但真正能贴近法帖的书法家，有多少呢？又比如体育锻炼，个个喜欢，但并非人人都可以成为摘金夺银的专业运动员，都可以成为各级运动会上的冠军。

所以，越是如此，就越需要代表着专业、代表着高度、代表着经典的散文作品。

当下活跃的大部分散文，文字也灵动，叙述也诙谐，知识也丰富，但其内质，大都像是一些分离的、散乱的五颜六色的石头，或者是一蓬蓬藤蔓，虽然花花绿绿、青青翠翠，却缺少枝干、缺少果实、缺少筋骨，不堪实用。这些散文，距离真正的经典，还需要根本提升，在内容、语言和结构上提升、升华，华丽质变，由业余到专业，由粗砺到细腻，由石头到雕塑，由五谷杂粮到美酒佳酿。

我理想的经典散文，是一棵树，最好是一棵大树，有主干、多枝叶，能挡风蔽雨，可成材，够支撑，能盖起楼房，也可建造宫殿，不仅能为人们提供身体的休憩，更能奉献精神的滋养；或者是一棵果树，梨树、苹果、桃子等等，能带来鲜美的果实，抑或是山楂、酸枣、桑椹等等，能够榨出可口的果汁。可惜，我们看到的大部分散文，只是灌木，只是藤蔓，鲜有价值，鲜有营养。

那么，我理想中的当代经典散文，应该是什么样子呢？

她，应该根于历史和现实、融通世界和文明，是一种建立在思想性和艺术性之上的珠圆玉润，一种熟美、一种魅力。

我想，最少有以下特质吧。

其一，言之有文。

文采、文字是文学的第一要义。散文既然是文学作品，首先应该在"有文"的前提下而言其他。

孔子说，言之无文，行之不远。文，最早的意思就是花纹、纹路。因为花纹是漂亮，是引人注目，是赏心悦目，是魅性。这是文明进化之前动物界的本能思维，所以动物界的雄性大都是满身花纹、五彩斑斓。其本能之目的，是比美，是吸引，让更多的同性黯然失色，让更多的异性销魂夺魄。同样，散文之"纹"，乃文章本体美妙的文采、文风也，也是吸引和影响更多人注意的最有效、最本能、最简单、最容易的手段。春风化雨，润物无声，不知不觉，已经感染了思想，形成了观念，塑造了灵魂。

其二，言之有物。

"文以载道"，是中国古代关于文学社会作用的正宗观点。其本意是说"文"像车，"道"像车上所载之货物，通过车的运载，可以达到目的地。

这句话倡导最力者，是韩愈。

韩愈的本意之"道"，是儒道、君道、治国之道，被不少人理解为封建之道、道学之道。

其实，过去是传统社会，现在是现代社会。"道"的内含，早已与时俱进。

当今之道，是文化的最代表，是文明的最代表，是国民的精神意志，是族群的根本利益，是最广大人民群众的普遍理想。

最广大的普遍理想是什么？

是文明！

当代散文，是知识分子创作。作家要站在人类文明的高度，进行文化的、历史的、经济的、政治的、宗教的等等方面的思考和融通，对历史进行回顾与反思，对现实进行透视与发言，对外来进行介绍和引进，对未来进行憧憬与建构。去讲述，去沟通，去传播，去反思，去批判，去丰富，去提升。从我们的文字里，不仅能感受到真情的温暖，更要能听到真理的声音。

这是一种文化的文学，文学的文化，文明的文学，文学的文明。

所以，文以载道，永不过时。

只是，当下之"道"，是文明之道！

其三，言之有情。

这是一个相对虚伪、浮躁的社会。大多数人的发声，冠冕堂皇、不痛不痒。

其实，对于这个社会，对于这个时代，对于自己的内心，每个人都有深切的感受，都有真实的感受。

我们要担负起知识分子的生命责任，要勇于发出自己的声音。这些声音，或如蛐蛐鸣，或如狮子吼，或如黛玉轻叹，或如将军怒咤。但这些，都要发自真情、真诚。

"情者文之经"，真情需要开拓。在新时代，要开拓多元的情感结构。我们的情爱指向，要更宽泛、更大爱。要说真话、抒性灵、传真情。

其四，言之有法。

法是什么？那就是章法、结构。

这是中国当代散文创作在艺术表现上的最大问题。绝大多数散文创作太随意，看似自然，实则散漫凌乱，没有章法，是浅写作。

散文最基本的讲究，是形散而神不散。说起来容易，真正创作起来却难。

"法"之表面看似两个方面。或者说，表面上是文字，核心处是结构。

再或者说，看得见的是文字，看不见的是结构。

更应该说，更关键的是文字，最关键的是结构。

我们总是说，文字是文学的第一要素。不错，文学给人的第一印象，就是文字，就像一个美女，第一印象是貌相的美，是服饰的美，是身材的美。

但，这只是表面现象啊。

最重要的是内在的美。当然，内在美需要建立在外在美的基础上。否则，读者也没有兴趣去进一步关注。

这个内在美，就是结构。

其实，最妙美的文学作品，就是寻找到一种最通畅、最简洁、最能表达作者思想情感的渠道，就像双方吵架时痛斥对方，最凌厉、最直接、最解气、最酣畅。

这样的结构，看似简单，实则最难。

我们阅读历史上经典和名篇佳构，无不如此。有的切口虽小，却别有洞天，如《桃花源记》；有的电闪雷鸣，干脆利落，如《读孟尝君传》；有的浩淼无际，汪洋恣肆，如《岳阳楼记》；有的行云流水，秋水明镜，如《前赤壁赋》；有的一咏三叹，韵味袅袅，如《项脊轩志》。这一切，都是浑然天成，白璧无瑕。

这种结构，晶莹而浑圆，像一个小宇宙。日月沉浮，尽在其中，四季运行，全在其里。有山岳，有江河，有历史，有男女，有政治，有经济，有宗教，有詈骂，有叹息，有微笑，有芳香……

我理解的精美散文，是珠圆玉润。

珠圆是结构，玉润是文字。珠圆是饱满、阔大，是格局；玉润是温婉、精妙，是格调。

这些，需要作者在生活与写作实践中渐修顿悟。同时，不仅需要借鉴外国散文，更需要致敬传统经典，全面汲取营养、消化吸收。而后，才能下笔如有神，妙手偶得之。

以上"四有"，直白地说，就是：有文采，有思想，有真情，有章法。

再直白些，就是"两性关系"：思想性，艺术性。

处理好"两性关系"——这是人性的根本，也是文学的根本，更是新时代所需要的新经典散文的根本！

李春雷

目录

李、春、雷、散、文、精、选

李、春、雷、散、文、精、选

摇曳的无锡

近日，我去无锡访友，夜宿南长街某旅舍。

南长街，位于古城南门外，运河右侧。其前身，系北宋始设之驿路。北挽长江，南携太湖，东倚苏州，西牵常州。漫长的历史里，此处是水陆官道的交点，太湖走廊的咽喉。

如果说江南是中华母亲的锦绣鲜衣，那么无锡就是一枚精致的纽扣，灼灼地镶嵌在胸前。大运河呢，恰似锦衣下母体内的血脉，贯通江南江北为一体，融合经济文化于一身。

一条运河，又宛如一株大树。主干之外，多多侧枝和杈丫。这些，便是千千万万个扁扁圆圆、肥肥瘦

瘦的城镇，而那些数不胜数的密密麻麻、星星点点的
村村寨寨，则更是蓊蓊郁郁、摇摇晃晃的青叶了。

黄昏时分，友人相约街边一家餐馆。

今日南长街，长约五公里，大运河为中轴，清名
桥居核心，北起跨塘桥，南至水仙庙。古街两旁，依
然完整地保留着江南河畔人家的原生态，粉墙黛瓦、
花格木窗、屏门隔断、前店后坊，家家河码头、户户
水弄堂。一爿爿院落式、竹筒式、独立式的枕河建
筑，飘浮着淡淡的菱角气、鱼虾味，鲜鲜嫩嫩、毛毛
茸茸，在水面上摇摇晃晃。

虽是小小餐馆，却是黄酒世界。原本金浆玉液，
再添加话梅、柠檬、樱桃、玫瑰、蜂蜜等等，香雾缭
绕，摇摇晃晃。几碟特色小菜，颇勾引食欲。最鲜美
者，太湖三白也：白鱼、银鱼、白虾。

这些精灵稀奇的尤物啊，天赋异禀、细嫩鲜魅，
频频引爆味蕾。它们在唇舌间狂轰滥炸、叱咤风云之
后，又一路旗开得胜、顺风顺水地征服了我的肠胃。
霎时，似乎又回归原型，在我的周身血液里环游，在
我的神经末梢上摇晃。

渐渐地，体内犹如太湖春潮，风起云涌，烟波浩
淼。眼前更是氤氤氲氲、混混沌沌。此时，内心高筑
的城堡悄然垮塌。往日的矜持与端重，也不由自主地

摇晃起来。

餐后，沿街散步。

正是晚上九时许，夜幕四合，华灯璀璨。脚下是光光黝黝的青石路面，两侧是灰灰白白的徽派建筑。街上呢，摇晃着一缕缕、一片片、一群群形形色色、斑斑斓斓的音乐。一家茶馆，静若禅院，两名古装女子，在琴声渺渺中，对弈黑白。灯光雪亮，纤毫毕现，十指尖尖，俨若玉雕。

女人们，永远是夜市的主角。一个个粉面妖娆，风摆杨柳，手擎甜食，摇摇晃晃，巧笑倩兮，美目盼兮。两侧的杂货店铺，各自敞开门扉，鲜鲜艳艳、花花绿绿、红红紫紫，仿佛扒开了胸膛，掏心掏肺般真诚。

更多的是小吃，酱排骨、小笼包、油面筋、玉兰饼、梅花糕……各种美味倾巢而出，五彩缤纷，云蒸霞蔚，袅袅娜娜，摇摇晃晃，如彩蝶飘飘，似翠鸟翩翩，在眼前嬉戏着、呢喃着、纠缠着，向你眨眼，向你微笑，向你招手，向你飞吻。

浑然无知中，人类的各种欲望被悉数激活，摇摇晃晃，蠢蠢欲动。于是，欣然上前，去围观，去赞叹，去抚摸，去品尝，去购买。

信步漫行，迈上清名桥。

4

这是江南运河上年龄最大的一座单孔石拱桥，通体石砌，不着寸铁。此桥始建于明万历年间，由秦姓太清、太宁兄弟捐造，原名清宁桥。清代，因避讳道光皇帝，易名。咸丰十年，太平军攻城，断桥。同治八年，原样重建，至今。

古人远去，石桥依旧，只是栏杆粗粗糙糙，桥面高高低低。那是时光的皱纹，岁月的脚窝。数百年来，走过了多少行人，发生了多少故事，见证了多少盛衰，阅历了多少生死。它，就是一位大觉大慧的时间老人呢，心有知，口无言。

凭栏，抬头。一轮明月高悬，仿佛宇宙的眼睛。

天色已晚，倦意来袭。酒神的怂恿，意念的迷乱，更使我心旌摇晃，脚步摇晃。于是，踩着摇摇晃晃的地球，顶着摇摇晃晃的天宫，披着摇摇晃晃的晚风，扶着摇摇晃晃的音乐，逆着摇摇晃晃的人流，摇摇晃晃地走回旅舍。

旅舍是一座民俗小楼。楼梯弯弯曲曲、摇摇晃晃，仿佛通向明朝，通向宋朝。

摇摇晃晃的历史，摇摇晃晃的现世，摇摇晃晃的人生，摇摇晃晃的命运。

竹影摇晃，桂香摇晃，月光摇晃，心神摇晃，晃晃摇摇，摇摇晃晃。

摇摇晃晃的我，走进了摇摇晃晃的房间，拉上了摇摇晃晃的窗帘，揿灭了摇摇晃晃的台灯，倒在了摇摇晃晃的床榻。

摇摇晃晃中，这人间所有的摇摇晃晃，全都摇摇晃晃地摇晃进了摇摇晃晃的梦乡……

（发表于《新华日报》2024 年 7 月 23 日）

猴研岛

仲秋某日，在福建省平潭县出差，朋友提议同游猴研岛。

猴研岛？这个有些怪诞的名字，引发了我的兴趣：海边有猴子吗？猴子会研究吗？

就这样，扛着几柄灰色的问号，我们走上了这个瘦骨嶙峋的海岛。

其实，猴研岛由三个散碎的离岛组成，总面积不过 18 平方公里。远远望去，恰似一只张牙舞爪的螃蟹，仿佛一条长袖善舞的鱿鱼。

何谓离岛？

平潭县本尊就是一个海岛，其周边又环绕着上千坨稀稀落落、隐隐约约的小岛。这样，前者是主岛，后者便是离岛了。千百年来，位于大陆东南部海域的主岛原本就是天涯海角，而离岛又位于主岛的东南部海域，更是天涯海角的天涯海角了。

孤悬海外，渺无人烟。风吹浪打，寂寞千载。

最近这些年，平潭大开发，猛然发现了这一组宝贝。于是，神经末梢，被激活了。

的确，实在是一块天然宝贝。

刚刚踏上小岛，扑面满眼惊奇。遍地是大大小小、光光秃秃的石头，有的成群，有的孤单。形状和颜色各异，深红色、淡黄色、浅灰色，恰似动物世界，像乌龟、像黄鼬、像斑豹、像刺猬，如鳄鱼、如螃蟹、如牡蛎、如海螺，似灰鹭、似鹌鹑、似苍鹰、似母鸡。细细观看，更多的则像野猴：一只只红红黄黄、肥肥瘦瘦的老猴子、小猴子、公猴子、母猴子、温顺猴子、顽皮猴子……

怎么会凭空出现这么多石猴呢？

平潭附近，是世界最大的风口之一，年平均风力五六级。海风鼓动海浪，年复一年、日复一日地抽打，把一块块石头打磨成了动物模样：乌龟的敦厚、黄鼬的圆润、螃蟹的刚劲、鳄鱼的凶悍、苍鹰的矫健，还有猴的眼窝、猴的瘦削、猴的灵动、猴的身腰、猴的狡黠。还是这些飓风，吹光了岛上生物，只剩下原始，只剩下猴群和它们的伙伴，满目洪荒。

在这里，身心疲惫的你，可以体验到原始社会的感觉，没有竞争，没有背叛，没有房贷，没有失业，没有烦恼。一切简简单单、清清爽爽。

如果你是一位积极的冲锋者，还可以在这里充分享受长风万里、乘风破浪的快意。那强劲的海风，轰轰烈烈、铿铿锵锵，却又无形无影、有板有眼。站在这世界级的风口，任尔呼啸狰狞，我自岿然不动。此时的你，俨然已是一个豪情万丈的世界级英雄。

猴研岛的另一个绝妙，就是蓝眼泪。

每年5月至8月的某些夜间，海滩上便会呈现出一种神奇而又梦幻的场景，似乎在上演灯光秀：海浪们都改变了颜色，呈现出一种晶莹剔透的明蓝，蓝得波澜壮阔，蓝得含情脉脉，蓝得宁静深邃，宛若一颗颗闪烁的宝石，幽雅而高贵，犹如一群群开屏的孔雀，灵动而美魅。又好似大海的蓝色瞳仁，怔怔地，颤颤地，默默地凝视，痴痴地沉思。忽而，"哗啦啦"涌出了眼眶，铺天盖地。那是大海的眼泪。难道大海也有情殇？也有烦心？

可惜，现在是十月，错过了蓝眼泪季节。

原本，蓝眼泪是一种介形虫，在一定时期繁殖旺盛，形成聚集，经过海浪惊扰，便会散发淡蓝色荧光。

但是，蓝眼泪在平潭出现，却似乎另有深意。

因为，对面是台湾。

说到这里，我们不能不提及此处的另一个亮点：猴研岛，正是大陆距离台湾本岛最近的地方，只有68海里，约126公里。

虽然对面就是台湾，但是看不见，只有白茫茫。

我坐在一块石头上，摸着猴子的脑壳，若有所思。

哦，这里是东海通往太平洋的廊道，也是台湾海峡最狭窄之处。海峡的平均水深约74米。太平洋呢？3957米。地球的表面，绝大部分是海洋，而人类生存环境里的所有淡水，也不足海水之1%。

人类，在海洋面前，只是猴子。

科学已经证明，地球上的生命，均源于海洋。

默默无言的海洋，正是地球的主宰。海洋之中，全是咸盐，可以消毒，可以杀菌，可以净化人类的一切污秽。海洋，也有足够的胸怀，暂时忍受人类的鲁莽。但是，就像神话中的如来佛，笑看悟空折腾，一切尽在掌中，随时可以捉拿，压至五行山下。

突然想，如果太平洋像太湖一样大小，人类将会怎样？

哦，这天造地设的地球格局，是造物主的精心部署。

人类啊，要有敬畏。

只有敬畏，才有永远。

于是，我敬畏地仰望苍天。湛蓝的天，雪白的云，祥静、安谧，若初恋，似童年，如梦幻。哦，日月沉浮，黑白轮换，极尽阴阳雌雄正反之玄变。玄变却又互为依存，拥抱一体，犹如太极。清清浊浊，静静乱乱，开开合合，聚聚散散。这就是时间，这就是宇宙，这就是现实，这就是历史。

哦，猴研岛，虽然置身海外，却是海外仙山，最适合远离喧嚣、思考人生。

在这里，让我们一同回到远古时代，与猴子为伍，与猴子对话，与猴子交流，感受梦想中的山盟海誓、海枯石烂与地老天荒。

忽然，听到朋友正在用本地话与当地人聊天。

我想起了什么，便上前询问："为什么叫猴研岛呢？"

当地人一脸懵懂，只说从来都读猴 yán 岛。

"yán 是什么？"我追问。

"就是猴儿子啊。"

我猛然一惊。

原来，本地方言中，"仔"与"研"同音，猴研岛应是猴仔岛。或许在某次开发时，官员们担心"仔"字不雅，便改成了貌似儒雅的"研"字。

想到这里，心有所悟。但随即又生出新的疑惑：既然寻找谐音，为什么不是"岩"呢。

疑惑之后，便是丝丝缕缕的悲哀了。

如果有机会，我倒是真心建议将猴研岛更名为猴仔岛，或猴岩岛。

但是，无论猴研岛、猴岩岛，抑或猴仔岛，都是那个大陆距离台湾最近的小岛，那个满含蓝眼泪的小岛，那个卧满猴子猴孙的小岛，那个站在世界著名的风口浪尖上的小岛……

（发表于《散文百家》杂志2014年第1期）

鹤问湖

秋天的阳光，乳白雪亮，宛若牛奶，暖洋洋、鲜嫩嫩、香喷喷。涂在头顶上，敷在皮肤上，像暮春的柳絮，若婴儿的呼吸，似母亲的目光。

中秋节前某日上午，我和几位朋友乘坐一条画船，载茶载酒，在九江市城西的湖面上，游水观山。

湖名为何？

赛城湖。

可我们是文人，更喜欢她的土名。

土名是谁？

鹤问湖。

何为此名？

缘自陶渊明曾祖陶侃之母葬于此地。

《清一统志》记载："陶母墓，在德化县（今九江市柴桑区）白鹤西乡。相传陶侃葬母于此，有异人化鹤而去，今鹤问湖以此而名。"

陶母，是中国历史上著名的贤母，与孟母、岳母齐名。

此地位于长江之南、庐山之北、鄱阳湖西。长江进入赣鄱大地之后，众水汇流，于鄱阳湖西部呈现出诸多大大小小的湖泊，肥肥瘦瘦，扁扁圆圆，青螺碧簪，裙裾相连。其中鹤问湖，不仅方圆阔大、烟波浩淼，而且端庄秀丽、静谧安详。

安详之下，另有一座更加安详的古城。

据考证，古浔阳城，就长眠于鹤问湖底和湖堤内外一带。

想到古浔阳，我麻木的脑壳猛然"嗡"地一下，仿佛鸣响了一架沉寂的古筝，激活了满天纷纷扬扬的遥想。

1500多年前，陶渊明就在这一片水域生活和创作。一叶扁舟，归去来兮，静坐五柳下，悠然见南山，写出了古今文化人心底的最无奈与最飘逸，正式开创了中国文学史上的"田园诗派"。

1200多年前，李白云游此处，遥看庐山瀑布，留下千古名篇。这首诗看似明白如话，却是天才灵性的粲然迸发，爆燃了人类精神的超拔与豪迈。几十年后，白居易谪贬于此，面对枫叶荻花秋瑟瑟，面对犹抱琵琶半遮面，长叹"同是天涯沦落人，相逢何必曾相识"，唱尽了天下所有失意者内心深处共通的苦楚与达观。

900多年前，又一对旷世奇才光临。

先是苏轼。他在这里书写了一诗一文，均为中国文学史上的奇葩。《石钟山记》文笔轻灵，旷达睿智，系散文神品。而《题西林壁》更是用简明语言，道出了一个玄妙哲理，堪称庐山诗作的另一首绝唱。

与苏轼同时代的黄庭坚，就是本地人。可以说，黄与苏，同为中国艺术史上千年不遇的天才。他的诗作法度严谨、理趣盎然，典型地代表了宋诗的艺术特色。而其书法，更在传统基础上大变法度，却又自成宇宙，长枪大戟、绵劲迟涩，形成了中国书法史上继张旭、怀素之后的又一个草书高峰。

历史的一幕幕，在眼前款款闪回。

我看着岸上的人们，老老小小，熙熙攘攘。

哦，唯有庐山恒久、天地恒久，而我们，都是一粒尘、一滴水、一缕光，暂聚之形矣，而或是水底的一茎草，水草中的一尾鱼。

的确，水边是人类，水下有鱼类，水域就是鱼类的空气。

其实，人类与鱼类，都是同一个祖先呢。

科学早已证实，地球上所有生命均来自水中。在遥远的某一个世纪，某一种生物基因突变，便走向了另一个方向，而后再突变、再提升，偶然复偶然，从而走向了人类，走向了文明，走到了现在，形成了我们。

江西省的山川骨架酷似马蹄形，东南西是山脉，北面是长江。千山之万水，集中于九江城畔、鄱阳湖内。

何谓九江？众说纷纭，一说九条江，一说不胜数。总之，众水聚于鄱阳，鄱阳嫁于长江，长江归于大海，大海属于大洋，大洋联通世界，世界同归文明。

人类文明，就是一株亘古常青的大树。

每个国家、每个民族，都是这株大树上的一个树权。陶渊明、李白、白居易、苏轼、黄庭坚们，则是这个树权上蒂结的果籽，而我们每个人，都是这个树权上的一片叶子呢。

的确，世界虽然多元，却是同一。人类流淌着同样的血脉，分泌着同样的情感，享受着同样的幸福，放飞着同样的梦想，攀登着同一座高山，只是路途所遇所见不同罢了。

漂游在鹤问湖上，仰望着高悬在天空的这世界公共的一轮太阳，想象着这地球上的80亿男女此时正在想什么、干什么，真是一件严肃而又有趣的事情。

宇宙之大，生命之微。天地造我，何其有幸。陶李白苏黄诸公固然伟大，却已无形，远去久矣。

今日之江山，我们是主人。

就这样坐在飘摇的小船上，悠悠地看着九江，看着江山，想着过去，想着未来。

且享受这头顶上的秋阳暖暖，面颊上的清风徐徐，心头上的情思袅袅，且掬满面前的这杯美酒和香茶，一饮而尽。

这酒香和茶香，通过舌尖上的亿万根毛细神经，刹时送达全身。

此时，再抬起头，凝视秋水长天，感觉自己就是这个世界上最幸运、最幸福的人了。

忽然，一阵秋风拂过，波光鳞鳞。湖面上，似乎呈现了陶渊明、李白、白居易、苏东坡、黄庭坚等人那一张张隐隐约约、飘飘渺渺的面孔，还有那一声声叹息，一句句吟唱，一颦颦忧思，一泓泓微笑……

侧耳倾听，隐然感觉有鹤群在空中飞翔，翩翩起

舞，嘎嘎鸣叫。那一声声清越的啾鸣中，蕴含着深情
的嘱咐和询问……

（2023 年 10 月 28 日晨作于山西省灵石县石膏山宾馆
9208 房间，发表于《人民政协报》2023 年 11 月 18 日）

母亲万岁

大约五六岁的时候，我的眼球上陡然长出一芥黄斑。

医生告知，需在眼球上直接打针。我毛骨悚然，哭闹，拒不配合。

母亲说，不打针，眼睛会瞎掉的。那一天，母亲紧紧地抱着我。我浑身颤抖，刺猬一样蜷曲着，畏缩在她怀里，拼命地贴紧、贴紧，恨不得嵌进去。我分明地触到了她的脉博，似电流；更听到了她的心跳，像擂鼓。

刹那间，我本能地感觉，母亲是我的皇天，我的靠山。

又有一次，我感染中耳炎，一波波针扎般的剧痛。我不肯吃饭，只是不停地哭嚎。母亲耐心地呵护和劝慰，我不听，仍是变本加厉地号啕，人来疯似地叫喊，声振屋瓦。母亲更加焦急，手足无措，如坐针毡。而此时的我，愈发地加大音量，仿佛看着她这样，便可以减轻一些疼痛。甚至，心底竟然还有一丝恶作剧般的潜意识。唉，现在想来，何其荒唐啊。

小时候的我，真是浑身毛病。

由于家中赤贫，营养欠缺，身体抵抗力差，舌头也常常上火发炎。整个舌苔红赤赤，火烧火燎。这时候，我便大大地张开嘴，长长地吐出舌头，像酷夏里一条散热的狗。不仅如此，我还会在屋内摇头晃脑，捶胸顿足，乱喊乱叫，借以发泄。每每这时，母亲就会拿出秘藏的一点点白糖或红糖，研成粉末，轻轻地敷洒在我的舌头上，缓解一下。而我，在屡屡尝到甜头之后，似乎也摸索出了规律。有时候，舌头略有不适，便故作痛苦状，呻吟着，亮出舌苔，只是为了骗取母亲那一份可怜且宝贵的私储。

我的母亲，生于1943年，属羊。

她的娘家在本村，原是一个小富家庭，"土改"时被划分为地主成分。母亲兄妹五人，都没有读过中学，大约只是小学文化。而我的家庭，是上中农，也属于被限制对象。我从小受到最多的告诫，就是不能入党、不能当兵，因为是被打入另册的人类。

虽然文化程度不高，但母亲的内心，却充满了对文化的尊崇。记得小时候，她常常给我讲一些祖上勤劳行善的故事，还有广府的传说。

广府是冀南一带最具盛名的城池，明清两代曾是地域的首府，似乎是富贵和文明的象征。只是，当我因母亲的开导而早早地萌生作家梦想后，她却以为不可，又时时斥责我胡思乱想，不知天高地厚，不够本分稳重。

唉，家庭出身和贫穷所限，使母亲从来心情沉重，负担过多，脸上也少有轻松和微笑。那时候，她只有三十岁出头，本是一个女人的熟美年龄，但在我的印象中，她总是一个愁苦且郁闷的人，每天只是起早贪黑地干活，做饭做衣，喂猪喂鸡，匆匆忙忙，默默无声。少不更事的我，哪里懂得母亲的心境呢。

一晃三十余年。

自从到县城读中学之后，我就基本离开母亲。除了节假日，都是自己在奔忙。舞台更大，角色愈繁，竞争激烈，心态凌乱。凌凌乱乱中，我也长成了一个马马虎虎的标配男人，耳聪目明，身体强健。有了家庭，有了孩子，也成了他们的大树。还有了一份小小的事业，虽不满足，却也知足。

但是，在自己家业扩大的同时，母亲却在枯萎。恍然间，她已年过七旬，体弱多病，近来更是双腿隐痛，走路也有些吃力了。

我曾千百次地设想，要抽出时间，专门陪母亲到外地走一走，散散心。可营营役役，身不由己，岁月蹉跎，竟未如意。有感于此，每每悔恨而自詈。

今年，在这母亲节的前夕，我决定放下一切，陪母亲去一趟广府古城。我知道，这是她多年的梦想。

这一天，我挽着母亲，在广府古城墙上来回走动，自由自在、无忧无虑地体味着暮春的静美、阳光的温柔。

满天云朵白胖胖，一城翠柳青灵灵，游人熙熙然，熏风悠悠哉。花虽半谢，依然芬芳，郁馥浓浓，宛若佛香。

母亲虽然眉目舒展，笑容灿烂，却是眼神缓慢，步履蹒跚。细细端详，她双手枯瘦，粗糙如鸡皮，脸上堆满皱纹，头上全是白发。看着看着，我猛地眼酸鼻辣，赶紧扭过头去。

看着西天缓缓燃烧的太阳，真是恨不得永远焊在那里，让时间停滞，或岁月倒流，回到青年，回到少年，回到童年。

　　可转眼间，日影暗淡，众鸟归巢，我们也不得不返程了。

　　且珍惜眼前，每一握温柔、每一缕微笑、每一次会面。

　　且紧紧地挽住母亲的手，祈盼时光静好、真情恒美。

　　但愿天荒地老，惟愿地老天荒！

　　母亲万岁！

　　　　　　（发表于《燕赵都市报》2017 年 5 月 14 日）

寻芳习家池

盈盈一池泉水，宛若明净的眼睛，看着秦岭，看着巴山，看着汉江，看着襄阳，看着南北中国。

蜿蜒千里的秦岭和巴山，犹如一对不弃不离的夫妻，簇拥着自己的女儿——汉江，款款东行。行至襄阳，驻足不前。而他们的美丽女儿，则心系远方，嫁与长江。分手之际，双方泪眼凝眸。这一汪深情的凝眸，便是习家池。

秦巴余脉绾结于襄阳城南五公里，仿佛孔雀的一根尾羽，名曰凤凰山。而习家池，又像这根尾羽末梢的一面晶莹的圆镜，镶嵌在山之阳，江之滨。

习郁，字文通，东汉初年人，因功被光武帝封为襄阳侯。习郁富且贵，儒而雅，涉水跋山，法眼堪舆，遂择此宝地，凿池引流，"依范蠡养鱼法作大陂。陂长六十步，广四十步。池中起钓台。"其后，植佳木，筑华屋，聚灵石。习家池，渐成宴游名园。

三百年后，习氏世孙凿齿在此隐居。凿齿少有奇志，博学能文，名播天下，曾任荥阳太守。后因脚疾，解职返乡。惟大才不废，敕命编修国史。他在钓台上增建书亭，周匝雕花石栏，赏荷观鱼，听风品香。斯时斯地，凿齿笔下生花，司马再世，著就《汉晋春秋》五十四卷。书成，举家迁居江西，远离尘嚣。

白驹过隙，倏尔三百春秋。孟浩然生于习家池附近的涧南园。在池塘的映照下，孟氏悄然长成，渐悟经诗堂奥。"习公有遗坐，高在白云陲。樵子不见识，山僧赏自知。以余为好事，携手一来窥。"据统计，孟浩然留存作品中，直接赞美习家池的诗作竟达十首。彼时，李白、杜甫、皮日休、贾岛等一干魁星迤逦而至，临水赋诗，且觞且咏，纵心宇宙，快哉快哉。

乌飞兔走，又三百载。欧阳修、米芾、曾巩等人频频造访。尤其米氏嗜书如痴，以山为砚，临池而墨，心摹手追，探幽索微，成就绝代行草。兰亭之后，天下独步。

宋元以降，直至民国，习家池叠次修葺，终成佳构。虽由人工，宛自天开。《襄阳县志》载："全楚十八九处胜迹，名流人士留连而慨慕者，习家池为最。"

习家池何以如此兴盛？除了浓郁的历史文化意蕴，还有其特殊的自然地理暗脉。

这里，是茫茫秦巴余脉的末端，又是浩浩江汉平原的起首，更是楚文化发源地的核心。早期楚人以凤凰为图腾，"辟在荆山，筚路蓝缕"，置都城于襄阳境内达三百余年。楚文化融华夏和蛮夷文化为一体，是中国古代南方文化体系的龙头，启蒙和发酵了广袤的长江流域和珠江流域。其中巫文化元素，尤为中国浪漫主义精神之滥觞。

习家池门临汉江。不言而喻，汉江流域是汉民族的发祥地，汉语、汉学、汉文化，这是一个国家最鲜明的胎记。我们现在拥有和享用的一切物质文明、精神图腾，乃至国家钵盂、民族袈裟，均肇始于这条龙型水脉。汉江无语，却蕴含着多少民族精神的密码，那是引子，那是归依，那是未来，那是宿命；汉江无语，却是大道，是大德，是大善，是大美。

习家池背后的襄阳，更是一座特殊的城市。在中国地理版图和物候分布图上，秦岭淮河是最明显的南北分界线，而襄阳正处于两者之中心，南方的灵秀，北方的雄壮，东方的文儒，西方的浑穆汇聚一身。在襄阳的舌尖上，既流行南方的甜食、米酒，又时兴北方的面条、白馍；既欢喜西部的羊肉、浆水，又嗜好东部的海鲜、炒粉。植物、农稼、饮食、风情，凡此种种，东西包容，南北荟萃，中庸方正，仪态雍睦，恰如中国的文化，中国的性格，中国的态度，中国的立场。

无疑，习家池就是这一方水土的文心和慧眼。

公元 2014 年夏天，我来到这里踏访寻芳。

穿过凤凰山，走进凤林关，沿石板路觅行，渐次进入一个幽邃世界，俨然桃花源。路两侧是青青草坪，森森梧桐，间或有李白、杜甫、孟浩然、皮日休、欧阳修等人诗词的碑刻。一粒粒黑黝黝的饱满汉字，好似圣哲先贤们的一颗颗瞳仁，静谧、肃穆而又慈祥。

走出一片松林，眼前豁然一亮。箕形山坡下，累累卧石和簇簇青葱之间，荷叶田田，萼红灼灼，一池晶莹，笑容可掬。

习家池约三四亩，澄澈宁静，碧玉温润，映照着青山绿树，蓝天白云，日月沉浮，宛如一个安详的世界。那是大地的脉络，那是历史的记忆。池中有一座湖心亭，重檐六角，斗拱高耸，恰似魏晋高士的峨冠。池水周围是一丛丛毛竹，滴青流翠，楚楚动人，又如美女明眸的睫羽。

池塘西南侧，依偎着两个造型别致的副池，小如戏台。一个满圆似日，芳名溅珠；一个半圆如月，雅号半规。山风拂过，两池涟漪，表情各异，一面蛾眉忧戚，一面笑靥如花。

哲人言，养数盆花，探春秋消息；蓄一池水，窥天地盈虚。千百年来，此间主人，以大池为心髓、小塘为耳目，坐卧台上，静观水面，枯荣更替，盛衰化变，参悟万物，叩问天机，真高士也。

池畔四旁，遍植杂树。扁扁圆圆的叶片们，像手掌，似旗幡，向人类表达着亲情与善意。树下是纷纷繁繁的花草，姹紫嫣红，葳葳蕤蕤。几株茯苓、苍术和天麻也伴生其间，暗吐药香，氤氲氲氲，似乎在试图疗救忧患的人间。不是吗？池边的每一棵树，每一根草，都是一个鲜活的爱心生命，茎脉里的汁液都是汉江最微小的支流。细细谛听，仿佛有一阵阵惊雷般"隆隆"的声响。那是大地的耳语，那是自然的节律，那是时间的脚步。

是的，夏天是永远的快节奏，风雨雷电，云蒸霞蔚，潮涨潮落，花发花谢，大开大合，大舍大得。一切都在成长，一切都在争鸣，一切都有可能！

独坐幽篁里，处处闻啼鸟。那是孟浩然笔下的鸟吗？孟氏故园，就在近旁。尽管一生漂泊，八方宦游，但他最眷恋的还是故乡。52 岁的时候，夜来风雨声，悄然花落了！他，永远春眠在这里。

我轻轻地徜徉来回，小心翼翼，蹑手蹑脚，惟恐惊扰了熟睡的先生。但敏感的脚步，犹如叩开了一扇扇尘封的门扉，又如同踩响了一架架历史的琴键。过去的岁月如烟似雾，扑面而来，那些睡眠在书页间的人们又欢活起来。我似乎影影绰绰地看到了一张张形色各异的面孔，隐隐约约地听到了他们的歌声、笑声、吟诵声和叹息声……

驻足北望，高岗之上，是始建于明嘉靖年间的习家祠堂，古色古香，深邃典雅。襄阳习氏南迁江西之后，开枝散叶，人丁繁茂，四处流徙，遍布全国，早已与整个民族融为一体了。

我正与池水凝视，一只鲁莽的黑鼋猛然探出头来，恶作剧般"嘭"地跳跃。

刹那间，天空破了，涟漪乱了，一片惊恐，满池碎影，整个池塘顿时成为一个振荡世界，分不清是幻境，还是现实。

但是，转眼间，便又恢复了原来模样。丽日蓝天，风清气朗，祥静安泰，江山稳固。

是的，风清气朗，江山稳固，一如这千万年的秦巴，千万年的汉江！

（发表于《人民日报》2014 年 11 月 12 日）

蜀道闪

李/春/雷/散/文/精/选

西安到成都，乘高铁，最强烈的感觉：闪。

列车横穿秦岭和大巴山脉，七百多公里路途，竟然百分之八十三是隧道桥梁。狭窄通道，疾速而驰。时间和空间，全部被缩扁。漫长与遥远，转瞬在眼前。

闪闪烁烁，一路洞穿。两个小时，抵达广元。

车过广元，再无险阻。一马平川，直望成都。

这，就是中国历史上最奇险、最著名的交通线路——蜀道。

蜀道难，难于上青天！

常常地，我咀嚼李白之叹：为什么难于上"青天"呢？

想来，定然是有感而发。

虽然李白的出生地尚有争议，但其成长地——江油，却是定论。他4岁随父迁居，直到25岁出蜀，期间均在此生活、读书。而江油，便位于广元市南侧。

广元，古称利州，位于四川盆地北境，号称蜀门。境内有大巴、龙门、米仓等山脉，方圆数百里，悬崖峭壁、重峦叠嶂。剑门关之险、明月峡之悬、七盘关之弯，惊悚天下。"连峰去天不盈尺，枯松倒挂倚绝壁。飞湍瀑流争喧豗，砯崖转石万壑雷。"况且，彼时人烟断绝，深山密林原本野兽王国，"朝避猛虎，夕避长蛇，磨牙吮血，杀人如麻。"如此险绝，人类如何通过？

地上路不通，举头望天空。湛湛无片云，青青复青青。

天上若有白云，便是抓手，便是天梯，抑或有仙人暗助，但青天里什么也没有啊，让诗人丧失任何想象，彻底绝望！

《蜀道难》的主体部分，便是极写广元山区之艰难险阻。

众所周知，李白最向往的是皇城与功名。而这一切，都位于蜀道东北端之西安，直线距离不足千里。但其西安之行，却南辕北辙。他选择东南，先到重庆，后至湖北、江苏，再迂回向北、向西。这条路线，是蜀道长度的五倍。

李白，终其一生也未曾穿越蜀道。

蜀道难，最难是广元！

这条路，李白望而却步。

人类，更在攀爬中困苦了几千年。

商周时期，古蜀地与中原被秦巴大山完全阻隔，两个世界、两种文明。"蚕丛及鱼凫，开国何茫然！尔来四万八千岁，不与秦塞通人烟。"春秋早期，两地始有联络，后来陆续诞生石牛粪金、五丁开山的故事。"地崩山摧壮士死，然后天梯石栈相钩连。"五丁，应是五个家族或五个部落，沿河求路、开山劈道、险绝而栈。于是，一条悬挂于峭壁之上的盘旋千里的羊肠小道，开通了。

这，便是蜀道的滥觞。

公元前316年，秦将司马错正是假借此道，把蜀地收归版图。秦统一后，始皇命庶民在道旁广植松柏。秦蜀官道，由此确立。

东汉末年，刘备集团从荆州入川，占据成都。诸葛亮查勘地形，猛然发现剑门之险，于是建造关隘，重修栈道，经营北伐。

此后，秦巴一线成为南北对峙的桥头堡。蜀汉与曹魏，西晋与东晋，南朝与北朝。长期战乱，致使蜀道多年荒废。

隋唐统一后，官府再度植种松柏，聚翠积绿。这条金牛小路，逐渐恢复。但由于遥远且凶险，仍被视为畏途。

然而，深山出俊鸟。贞观初年，利州都督府内诞下一个神奇女婴。这，便是中国历史上唯一的女皇——武则天。但武氏走出利州、奔向西安的路线，也是舍弃蜀道，绕道荆州。

公元 756 年，安史之乱，唐玄宗仓皇从西安逃难成都。史载：玄宗六月下旬入利州，七月十七日离境，行程二十余天。

公元 759 年初冬，杜甫从同谷（今甘肃成县）入利州，登蜀道，年底至成都。有诗为证："季冬日已长，山晚半天赤。蜀道多早花，江间饶奇石"。早花，即初春之花，表明行程两月有余。

明代之后，火药铁器普遍用于开山碎石。工匠们在悬崖上削坡铲石，开辟碥路，替代栈道。

康熙十一年（1672 年），王士祯为四川乡试主考官，上命火速赴任。据其日记《蜀道驿程记》载：七月初八至汉中，而后入广元，八月初三午抵成都府。蜀道行程，约 26 天。

1935 年，国民政府修筑川陕公路。由于别无选择，只能沿用旧道，将两侧松柏大部铲除。劈山开道，死伤无数。最惊险处明月峡，为减少盘旋，舍弃原来碥道，生生在悬崖上开凿出一条长达近千米的虎嘴状 C 型半圆露天隧道。

人间奇迹，中国唯一！

川陕公路开通，汽车行驶仍需十日左右。

中华人民共和国建政之后，交通方面的最大决策就是凿穿西南：在提升川陕公路品质的同时，修筑宝成铁路。由于缺少先进的桥隧技术，仍是基本遵循古线。

数十万工程兵日夜施工，如司马攻蜀，若诸葛北伐。前仆后继，死伤众多。其情其景，惊泣鬼神。

通车之后，国家在宝鸡市专门修造一座烈士陵园，祭奠亡灵。

20 世纪八九十年代，我曾几次乘坐宝成铁路，往来蜀道。

彼时，从西安到成都，需要二十多个小时。最强烈的感觉：晃。

高山巨谷间，火车弯弯曲曲，首尾相顾，像一条蟒蛇，在山腰和山洞间蠕动，让人于无奈中体味漫长和遥远的感觉。

大山最深处的广元，最偏远、最贫穷、最瘦弱，却又是交通总枢纽，是川北、甘南、陕南的物资集散地。那些年，物资奇缺，但由于运力紧张，为了避免线路堵塞，每每关键时节，援蜀列车不能进入广元，只能停靠前方小站。大批物资，如何卸运？只有动用各县青壮劳力几万人，手脚并用，头顶肩扛，像五丁开山，似玄宗逃难……

与火车并行的川陕公路（国道108）更是如此。货车太长太高太重，山路又弯又窄又坑。进入广元，便是入蜀第一站——七盘关。真是当头棒喝，闻之色变，必须盘旋七道山梁，才能通过。"其险也如此，嗟尔远道之人胡为乎来哉！"于是，外地车辆早已胆裂，便雇用当地司机。中国最早的车辆代驾者，便出自这里。即使这样，仍然常常堵车，每每滞留三五日，拥塞十公里。

烟尘滚滚中，公路和铁路两侧的剑门关、明月峡、千佛崖、皇泽寺们，焦头烂额，愁眉苦脸。

从地图上明显可见，广元位于西安、成都两大都市的中心。如果把中国地图四角对折，广元，竟然也是中心呢。只是，她的四周是层层叠叠的大山，犹如一枚紧紧包裹的粽子，好似一颗果壳坚硬的核桃。

数千年来，日子黑黑白白，季节青青黄黄，生命明明灭灭，梦想肥肥瘦瘦……

21 世纪，人类文明之列车，骤然提速。

这条古老的蜀道，也在悄然升级。

2008 年汶川地震之后，全面重建。传统的川陕公路终于避开旧基，放弃盘旋，穿山而过。

2013 年，西成高速公路更是另辟蹊径，全程通车。两地行程，缩短为 8 小时，堵塞问题基本缓解。

火车，依然缓慢。

截至 2017 年岁末，宝成铁路行程，仍为 19 个小时。

但是，不要着急啊，中国的高铁技术已经全面突破，与之相伴随的还有桥隧技术。中国制造和中国创造已经洞穿太多的世界难题，让外国观众目瞪口呆。一切的改变和创新，都在细细碎碎却又轰轰烈烈地进行着。

2018 年 1 月，国人千呼万唤的西成高铁，全线贯通。

全新线路，全新技术，没有伤亡，没有险怪，万千大山，訇然洞开！

而传统的蜀道，更加闲适起来，成为中国交通永恒的记忆和见证，成为人类文明精绝的魅力和美丽。

此时，再回首，细细打量。一切竟然那么原汁原味，古色古香呢。

哦，伟大的诗仙，只叹蜀道难，哪知蜀道美。

广元，这个养在深山的村姑，揭开面纱，俨然一位绝美的武媚娘。

剑门关，那座蜀之门，数千座山峰层层叠叠，宛若一波波凝固石化的巨浪，又仿佛一排排顶天立地的屏风，形成一个天然城廓，"黄鹤之飞尚不得过，猿猱欲度愁攀援。"惟一道缝隙洞开，好像一扇门，恰似一张嘴。两侧大山巅巅巍巍，危如利剑高悬。一夫当关，万夫莫开，两千年来，从未落败。壮矣危矣，奇哉险哉。只是，在当下的和平世界，它，仅仅是一座资深地标，一框鲜艳风景。

剑门本无关，兵家自设关。人类和谐时，天下全无关！

明月峡，长约3000米，宽不足百，而谷深逾千。两岸悬崖直立，峡中惊涛骇浪。在如此险峻的绝壁上，凿洞架木修栈道，是怎样的难度！如壁虎，似蜘蛛，铁锤钢钎，火星四溅，稍有疏忽，葬身深渊。而 3000 米栈道，需要多少孔眼啊。

毋庸置疑，这里，是全中国最壮观、最惊险、最经典的古栈道遗存。更何况，还有一条并世无双的虎嘴状 C 型半圆露天隧道呢。

翠云廊，是谁想到这么一个诗意名字？

近万棵汉唐苍松，老态龙钟、鹤发鸡皮，坨坨赘瘤，却又虬枝峥嵘，青翠茂密。它们亲眼目睹过诸葛的羽扇、唐皇的朱辇，也亲耳听闻过杜甫的叹息、陆游的低吟。

秦汉兴替、隋唐盛衰、宋元荣枯、明清成败。其中玄机，它们心知肚明，只是缄默不语。

我们静静地走在浓荫里，绿意如微雨，馨香湿人衣。那是李白的呼吸，那是武曌的芬芳，吹拂着你的每一根睫毛，濡润着你的每一寸肤肌。

当年，邓艾强攻剑门关不下，便迂回 200 余里，偷渡唐家河阴平小道，一举灭蜀。如今，唐家河一带，约略还是原始世界，熊猫、扭角羚、川金丝猴等珍稀物种应有尽有。

众多动物天然地生活在这里，吃鲜果，饮山泉，互为食品，残酷而简明。日月沉浮，睁一只眼，闭一只眼。猎豹擒获一只黄羊，茹毛饮血；蝮蛇逮捕一只野兔，囫囵吞枣；金丝猴最贪恋新熟的野梅，细嚼慢咽，眉飞色舞；而鹰雕则最喜食金丝猴的幼仔，精确制导，猛然俯冲，强行绑票，远走高飞。猴妈妈痛不欲生，顿足捶胸、嚎啕大哭……

白龙江，显然是一条雄性河流，在昭化古城南侧投入嘉陵江怀抱。这，让众多堪舆学专家推测出武则天出世的阴盛阳衰说。更奇巧的是，此地山水结构，恰似一个天然且鲜明的太极图，浑圆而和谐，曼妙而精壮。站在高处，一目了然。

昭化古城，号称蜀国第二都。而且，它就是《三国演义》中张飞醉战马超的葭萌关。

武则天生于利州，这从她父亲任职年表可见，也可从李商隐诗中印证。更可佐证的是，她登基后对此地倍加厚爱，在江边留下了一处规模浩大的皇泽寺，并塑造真身雕像。这是古代在没有照相术的情况下，留下的唯一真颜。

欲睹武则天，便去皇泽寺。

这位奇女子，墓前无字碑，庙内真容颜，率真率直，天地可鉴，实乃千古一帝也。

……

2018年6月，我再次乘坐西成高铁，前往广元。

高铁刚刚开通，时速只有 250 公里。不久之后，还要提速，还要加密。双城之间，每天来往 125 对列车，将完全实现公交化。时间呢，将缩短为两个半小时左右。身处两地中心的广元，将更加便捷。

一道银白，群峰闪过。明明暗暗，欢呼雀跃。亿万年酣睡的大山，像壮士，似五丁，如诗人，若青年男女，翩翩蹈舞，引吭高歌。

的确，西成高铁开通，最受益者是广元。这个绝世的武媚娘，终于出山了、出嫁了，嫁给中国，嫁给世界，嫁给现代化，嫁给新时代……

猛然想起李白。

千年春秋，一闪而过。此时的太白，或许正端坐在青天的云朵之上，哈哈大笑。笑声像阳光一样，漫天怒放。

是的，他终于可以轻松、快捷地来往蜀道了。

而秦岭、大巴山、龙门山、米仓山，还有剑门关、明月峡、翠云廊、皇泽寺、七盘关、唐家河们，那一抹抹倩影，一涡涡白云，一片片青翠，一处处欢腾，都是他的身影，他的笑声，他的欣慰，更是他的新诗。

其实，蜀道上的每一位梦想者、前行者，都是诗仙！

（发表于《人民日报》2018 年 6 月 25 日）

读王安石传

王安石与秦桧，能够相提并论吗？

当然不能。

但是，在南宋至民国的 800 多年间，却是如此。彼时的官方和学界，均把两人视为旗鼓相当、不分上下的大奸臣。

最早将这顶帽子送给王安石的人，竟然是苏轼的父亲苏洵。他专门创作一篇《辨奸论》，明言"凡事不近人情者，鲜不为大奸慝。"

宋理宗指责王安石是"万世罪人"。

南宋史学家罗大经的判词是："国家一统之业，其合而遂裂者，王安石之罪也；其裂而不复合者，秦桧之罪也。"

元朝官方编修的《宋史》里，专设"奸臣传"。北宋奸臣，共列出14人。名单里虽然没有王安石，但其中9人赞同或参与变法，不是助手，就是亲信，再就是女婿。王安石，俨然就是奸臣团队的后台老板。

这一切，最主要的推手是谁？

宋高宗赵构！

靖康耻，北宋灭；祖庙毁，南宋立。

公元1126年，南宋建立后，首要任务之一便是追凶，为北宋灭亡寻找借口。作为徽宗之子和钦宗之弟的赵构，为了掩盖父兄罪责，直接将亡国元凶确定为蔡京。

的确，蔡京当国十多年，欺上压下，昏招多多。

蔡京缘何走上高位？

追根溯源，居然是王安石。

王安石变法，是中国历史上的一个重大事件。为了改变积贫积弱的局面，实现富国强兵的目的，王安石以舍我其谁的政治胆略、敏锐如针的经济眼光、峻峭高洁的个人品格，担起了这一历史重任。

由于受到司马光、欧阳修、苏轼、苏辙、韩琦、富弼等人为代表的保守势力的强烈反对，王安石不得不重用和提拔一批政治新秀。于是，蔡确、吕惠卿、章惇、蔡京等人脱颖而出。

客观地说，这些人无论有什么缺陷，但在推进变法方面都做了大量工作。

纵然阻力重重，尽管问题频频，变法成果不容置疑。

史籍记载，神宗后期至哲宗执政期间，北宋国库最为充裕。特别是军事上也取得突破：熙宁六年（1073年），宋军收复河、洮、岷等五州，拓地两千里。这是一次前所未有的大捷，也是两宋时期与少数民族政权作战大获全胜的唯一战例。

此时的王安石，虽然颇有争议，朝廷上下却是罕见的高评。

熙宁九年（1076年）十月，王安石辞去宰相之职，次年便受封舒国公。元丰二年（1079年），再次被任命为左仆射、观文殿大学士，改封荆国公。特别是去世后，朝廷破例授予特殊谥号"文"，并配享神宗庙廷和孔庙。

有人曾比较"文"与"文正"孰高下。综合当时背景，一眼便知。

时值宋哲宗刚刚执政，力推新法，并对保守派全面压制。去世八年的司马光被削除赠谥，而司马光的谥号，便是"文正"。另外，在此前后，王安石去世的儿子王雱和女婿蔡卞，一个破例配享神宗庙庭，一个破格授谥"文正"。还有一个佐证：进入南宋之后，朝廷大倡儒学，将朱熹奉为孔子之后第一人。朱熹谥号，也是"文"。

所以，对于王安石，宋徽宗时代的评价仍是至高无上。

但是，转折也正在此时。

其实，北宋灭亡，首要原因是宋徽宗主导的"联金灭辽"战略失误，其二是军力羸弱的战术失误。虽然蔡京腐败，惹发民怨，但并非根本。况且，蔡京拜相时，王安石已辞相 35 年。时势之变，人心之变，必然之变，偶然之变，岂可简单推定。

又有人曰，北宋亡于党争，而党争之源，便是王安石变法。

此言差矣。

北宋立国之后，抑武重文，士大夫治天下。文人纷争，自古皆然。北宋党争，由来已久。年长王安石 14 岁的欧阳修，有感于斯，曾于 1048 年作名篇《朋党论》，谴责当时的党争之烈。而此时，王安石刚刚就任鄞县知县，尚无资格参与党争。

客观地说，王安石之不幸，在于赶上了一个不幸的时代。他去世后 40 年，北宋灭亡。虽然蔡京被认定为"替罪羊"，但似乎份量仍嫌不足，而他与王安石又确实存在着特殊关系：本人不仅是王安石的拥趸，其弟蔡卞更是王安石的女婿。于是，王安石便成为不幸的原罪。

靖康元年（1126 年），赵构下诏重修前朝史书，要求"直书安石之罪"，并明言"今日之祸，人徒知蔡京、王黼之罪，而不知天下之乱，生于安石。"

1197 年，宋孝宗将王安石儿子王雱牌位逐出神宗庙庭；1244 年，宋理宗将王安石牌位移出孔庙。

紧接着，恶评如潮。

朱熹评说王安石变法："群奸肆虐，流毒四海。"

杨慎认为王安石是"古今第一小人"，又曰："安石之奸邪，合（王）莽、曹（操）、（司马）懿、（朱）温为一人者。"

《宋史》最为沉重。虽未冠名奸臣，但"王安石传"中文字，根本将其污化。尤其最后一句："呜呼，此虽宋氏之不幸，亦安石之不幸也。"

此后 800 年，王安石深深埋冤。

呜呼，王安石；悲哉，王荆公。

直至中国进入近代社会，康梁变法，民主共和，大部分史家站在文明和世界高度，才重新评价王安石变法的正面意义，才逐渐认识到王安石的一片丹心。

这是一个真正以天下为己任的政治家，只是现实没有给他环境，时代没有给他机会。

曾有历史学家评说，如果王安石变法成功，中国社会进步将提前几百年。

可惜，中华不幸，错失良机。

的确，王安石是一个千年不遇的奇才。变法虽然失败，但其立身极正，即便是敌手，除了政见不同，也无可攻讦，因为他私德无亏。其文章，更是如此，被列为"唐宋八大家"。

与他同时代的英杰们相比，范仲淹、司马光、欧阳修、苏轼等人，有胸怀，有才学，有节操，但缺乏大智慧、大勇气、大担当。

这正是王安石超出他们的原因。

或许，他只是缺少对现实复杂性的理解和操控。但，这是自古以来所有政治家永远面对的难题。

梁启超叹曰："三代下求完人，惟公庶足以当之矣。"

去年十月，我在抚州采风，专程拜谒王安石。

王安石纪念园内，树木葱茏，百花安眠。看着眼前宁静祥和、香氛袅袅的时空，想象着历史长河中曾经的惊涛骇浪，不禁仰天长叹。

人生皆是旅行，唯有天地永恒。

无私无畏无愧，天佑中华文明。

（发表于《今晚报》2024 年 3 月 18 日）

甥舅俩

1000 年前的今天，曾巩三岁，王安石尚在襁褓。

彼时，他们都还是婴幼儿。可是，几十年后，他们出类拔萃，双双成为时代的人杰；1000 年后，大浪淘沙，他们更是共同置身历史的巨人。

前些天，我到抚州采风。

不能不说，近代以来，江西被许多人低估了。其实，从唐宋到明清，江西的经济和文化，始终称雄南方。比如文学，直堪与江浙媲美。

文学史上，真是奇怪呢。大师巨匠总是比肩携手、迤逦而出。

唐宋八大家，宋有其六，江西四川各三。四川三人是父子，江西三人则是师生。特别是两位学生辈的王安石与曾巩，不仅是同乡，是朋友，还是甥舅。

的确，曾巩的姑姑，是王安石夫人的奶奶。

而且，他们还是亲上加亲、亲里套亲：曾巩之妹是王安石弟媳，其侄媳是王安石侄女；王安石妹妹的婆母，又是曾巩堂姐。

不仅是亲戚，更是世交和好友。

曾父与王父，乃同窗。王安石得遇欧阳修并受到赏识，缘于曾巩的介绍。而王安石对于曾巩文章，始终倍加推崇，其祖母、父亲、母亲、岳父去世后，皆由曾巩撰写墓志铭。

虽为好友，追求与风格，却又完全不同。

政治上，王安石胸怀天下，锐意变法，敢吃螃蟹，敢闯禁区，大刀阔斧，舍我其谁；曾巩则属于保守派，身处基层，兢兢业业，踏踏实实，为官一任，造福一方，是一个标准的勤吏。

文学上，亦如此。

王安石为了实现政治理想，强调文学的现实功能："所谓文者，务为有补于世而已矣。"其散文雄健简练、奇崛峭拔、笔如刀锋、字字点穴，如《本朝百年无事札子》《答司马谏议书》《游褒禅山记》《伤仲永》等。尤其《读孟尝君传》，不足百字，却否定了历朝观点，实属千秋名篇。

曾巩的文风集司马迁、韩愈之长，古雅本正，温厚典雅，章法严谨，无论叙事、议论都冲和平淡，款曲周至，开阖、承转、起伏、回环皆有法度。其代表作有《墨池记》《赠黎安二生序》《王平甫文集序》《越州赵公救灾记》《道山亭记》等。

对于彼此，两人都有着精准的认识。

王比曾小两岁，走上仕途却超前十几年，政治经验更丰富，观人识才最老辣。他虽然称赏曾文，却又看到了其弱点，遂在早年的赠诗中明言"借令不幸贱且死，后日犹为班与杨"。这句话，简直就是对曾巩人生的预言和定位：不适合官场，却可以成为一个名垂青史的文学家。

而曾巩，也同样如此。宋神宗召见时，询问王安石的缺点。曾巩直言"吝"，即执拗、小气之意。这个评价，可谓一针见血。后来，王安石有一个公认的外号"拗相公"，正是"吝"的另解。

但他们，根本上相同又相通。

因为皆是君子。

两人虽是亲戚加朋友，但王安石身为宰执，从未提携曾；曾巩身为下属，并未攀附王。他们各自坚持自己的政见，互不妥协。政见不睦，徒说无益，那就不见面、不争吵。许多年，他们甚至中断联系。但是，从未互相攻击，只是保持沉默。

沉默中，沿着自己的路径，走向各自的高峰。

王安石，委实是一个千年不遇的天才。一介文人，却又通透政治，并主导了中国历史上继商鞅之后的又一次轰轰烈烈的变法运动。虽然失败，却为中国政治文明留下了巨大财富。而曾巩，仕途清淡时，在文本上更加追求，揣摩参悟，几近极至。

他俩与欧阳修、三苏一起，高擎古文运动大旗，提倡散文，反对骈文，力抵萎靡文风，坚持文以明道，使中国散文正本清源、蔚为大观，从而改变了文学史。

就这样，烟云散尽、落日辉煌时，他们又走到了一起。

元丰六年（1083 年）春，曾巩扶母亲灵柩乘船南归。王安石特意迎至江边吊唁。此时，曾巩已病重，到达江宁后便卧床不起。那段日子里，王安石常常探望，执手倾谈。两位老亲戚老朋友，像少年时那样，相好如初。

不久之后，相继谢世。享年呢，都是 64 岁。

真是一对相爱相隔、不弃不离的甥舅俩。

不要以为去世，一切就结束了。

远远没有。

诡异的是，他们又都同样被历史误会。

从南宋至元明清，王安石变法被基本否定，甚至被视为奸臣。按照传统评价，变法有"急政"或"苛政"之嫌，引起激烈"党争"，导致北宋亡国。有人在评判两宋时，将王安石与秦桧并列："国家一统之业，其合而遂裂者，王安石之罪也；其裂而不复合者，秦桧之罪也"。

转机出现在近代。国人面对西方列强的船坚炮利，急欲变法而富国强兵，遂开始重新认识王安石。

史学家称，王安石变法，是人类思想反抗的文明成果。正是这些成果，才使人类有了摆脱野蛮统治的可能和方向。由此，王安石被称为"千古一相"。

曾巩之文，最初并没有被格外重视。直到明初，文坛才开始将其列入唐宋八大家，但排名最后。进入清代，最富影响的桐城派作家群，更注重"义法"，遂将曾文奉为楷模。康熙年间出版的《唐宋八大家文钞》，共选录文章316篇，唯一入选超过百篇的作家就是曾巩，计128篇，数量远超其他七人。

如果用两个字来概括曾文，那就是"纯"和"正"，亦即"义"和"法"。前者是指主题，后者则是指章法。

天下人作文，大都是随意写作，少有得法，缺乏专业。的确，自古以来，文法无迹，仿佛羚羊挂角、老虎吃天，极难操作。而曾巩之文，有法有道、有板有眼，虽无韩潮欧海、苏轼天才，但更扎实、更大众、更实用、更可效法，恰似诗中杜甫、书法二王，是可学可追的宗师。

经过几百年的时间淘洗，这甥舅俩，最终都成为历史甄定的巨人。

他们去世九百多年后，我来到抚州，瞻仰先贤，拜谒文宗。

那一天，武夷余脉，群峰青翠。天上白云悠悠，似慈颜、如笑眼。雪亮的阳光，香甜的清风，都鲜鲜地围绕在身边。

这就是原汁原味的时间，这就是徐徐流动的历史。

眼前的世界，繁华且嚣闹，似一汪波动的大海，如一场无终的大剧，更像一株苍翠的大树，春夏秋冬、青青黄黄。所有人，都是一片树叶或一枚小果呢，暂时栖居在这株屹立洪荒的大树上，蓬勃着、摇曳着、梦想着、成熟着、凋谢着、永恒着……

日月无语，天地有心。

唯有时间，是宇宙间沉默的、永恒的帝王！

（发表于《光明日报》2022 年 12 月 30 日）

哭祭张胜友

最早看到他的名字，是大学期间的阅读。激情、哲理、深切，飞流直下、万马奔腾。彼时的张胜友先生，已经名满天下。

最早受到他的恩惠，是 1998 年。

那时，我刚刚 30 岁，在一家地方报社工作。虽是一个草根层懵懂青年，却仰望文坛高墙，野心似火，决计以当时国内最火红的邯钢经验为背景，创作长篇报告文学处女作。当我与出版社签订合同并开始采访时，猛然听说他已经介入这个题材。当时的他，是中国报告文学界的领军人物，且兼任作家出版社社长。我胆怯了，决定退出，却又被告知合同神圣，不能毁约。

在这本书的整个采写过程中，我时时想到他，想到面前有一座大山。

在如此巨大压力下，我绞尽脑汁，竭尽潜能，历时两年，终于写出了《钢铁是这样炼成的》，从而引起关注，幸得薄名。

我进入文坛时，他已走上中国作协领导岗位，并负责报告文学方面的工作。

作为一名新人，我渴望认识他，便给他办公室打电话。我清楚地记得，当时是总机转分机。

"您是张书记吗？"我战战兢兢、忐忐忑忑。

"哦……"一个慵懒的声音，刚睡醒的样子。

我简单地自我介绍，并表示了希望拜见的意思。

"我太忙，没有时间。"他直接回绝。

话音刚落，"啪嗒"一声，电话挂断了。

听着话筒里"嘟……嘟……"的忙音，我的眼前一片空白，愈发感到自己的卑微。

那几年，我就是在这样的孤独和压抑中，拼命创作。幸运的是，也频频得奖。

我注意到，这些奖项的评委会主任，大多是他。

2004 年夏天，我荣获第二届徐迟报告文学奖。得奖者共三人，我排列第一。后面两位，俱是名家。

我诚惶诚恐，却又惊奇地发现，评委会主任竟然又是他。

颁奖盛典，在湖州举行。那一晚，评委和获奖作家围坐一桌，共享夜宴。

这是我第一次如此接近他，便主动上前，自我介绍。

他抬起眼，慢慢地看着我，用浓重的福建普通话说："哦，哦，我晓得你，这个，这个，你看到了吧，我不认识你，你却是状元，这说明评选还算公正吧，哈哈。"说完，又扭转头，与别人说话去了。

我尴尬地站立片刻，讪讪地退回原位。

此后几年，我们仍然疏远。我只是经常听他在台上高谈阔论，国内国际、政治经济、文学艺术，高屋建瓴，简明精准，快人快语。的确，他知识渊博、口才出众、记忆惊人。这期间，我也听到许多关于他工作和生活方面的趣闻逸事，虽未辨真假，却也更加感觉到他的神秘与传奇。

他，实在是奇人奇相，大耳朵、厚嘴唇、扁脸庞，一副南人面貌、满口闽语方言。虽是满腹经纶的鸿儒，却又极像一个刚刚暴富的农民。

2009 年 4 月，汶川大地震一周年前夕，中国作协派出一个三人小组，赶往灾区采风，他是组长。组员两人，军地各一，我有幸入选。

那些天，我们朝夕相处，终于有机会深层交流。

一次早餐后，他仍然坐在餐厅细品咖啡，用一柄纤细精致的钢勺，缓缓地搅拌、搅拌，仿佛在稀释浓稠的心事。

忽然，他抬起头，两眼火辣辣地盯着我："其实，我一直在关注你。如果你过去和我们一样，是一线作家的话，那么，《木棉花开》发表后，你就超越我们这些人了。"

什么？什么？他居然说出这样的话，却又千真万确，老天作证。

我怔怔地看着他，简直不敢相信。他，仍是慢条斯理地搅拌着咖啡，犹如高僧品茗，一半是威严，一半是慈祥。

这句话，对我来说，简直是晴天霹雳。

稚嫩的我，浅薄的我，哪里担得起呢，而只有具备怎样无限格局的伟大胸襟，才能如此！

他退休后，我们会面增多。他总是感叹当下报告文学的艺术性不足，总是勉励我，也总是发来自己的作品，谦逊地让我提意见。他的作品，越发地情理交融，大气磅礴，庾信文章老更成，特别是政论体报告文学，我不敢肯定他是否是开山辟路人，却至少是举旗扛鼎者。

后来，他生病了，而且是白血病。

突然有一天，传说他病危，大限不远。我马上打去电话，无人接听。旋即又听说他赴台湾治疗，有所好转。

果然，不久之后的一次聚会上，他又出席了。依旧谈笑风生，言辞铿锵，只是虚胖一些。他毫不避讳地谈起自己的病情，鬼门关太拥挤，资历不够，被阎王怒而遣返，又戏说自己的生命密码已经重组……言及于此，哈哈大笑。

大家纷纷鼓掌，庆幸他的新生。

我也发去一条贺辞：大难已过，必有寿福！

几个月前，第七届鲁迅文学奖评选。我虽然申报，却因曾经获奖，便无奢望。结果出来，榜上有名。最让我意外的是，本届报告文学组的评委会主任，居然还是他——退休多年且身患绝症的他！

颁奖之后，我打去电话，表示要当面致谢。他婉言拒绝，说明天早晨去协和医院输液，午餐时才能回来。而我便愈加坚持地恳请，您有病恙，更需探望啊。

他犹豫一下，终于发来家庭住址。

第二天下午四时左右，我结结实实地买了两大捧鲜花，赶往张府。虽然已是秋风萧瑟，我要送他百花盛开，满室芳香。

　　但是，找到家门，再三按铃，却无人应答。我不敢打电话，惟有静静伫立。两个小时，仍不见人还。只好把鲜花们摆放门口，怅然而归。

　　直到次日上午，才收到他的信息。原来是医生留置，深度复查。

　　我隐隐有一种不祥之感，却又马上否定自己。以他的年龄和性情，加上优异的医疗条件，肯定能够渡过险关，康复如初。

　　后来一个月，我多在南方采访，不忍联系，却一直在心底为他祈祷。

　　万万没想到，2018年11月6日凌晨，惊闻噩耗。

　　整个早晨和上午，我枯坐在书房里，茶饭未进，怆然无语，思前想后，感叹唏嘘。看着窗外天幕上一片片鱼鳞状的黑色云团，默默西去，不觉四肢如铅，泪流满面。我按照老家农村里吊唁长辈的习俗，向北而跪，长哭以祭。

　　红尘弥漫，人生苦短。什么是情，什么是缘。

　　道德文章，举世罕见。星辰恒在，斯人云远。

　　呜呼哀哉，恩师安眠！

（发表于《文艺报》2018年11月12日）

两杯清茶

1997 年夏天的一个下午，我正在邯郸市报社胡同的书房里看书。忽然电话响起，竟然是高杨先生。

客气几句后，他提出明天上午拜访我家。

我大吃一惊。

尚未而立，我只是一个普通的新闻记者，在文学圈寂寂无名。而他，年近六旬，市文联党组书记、主席，德高望重，受众人的敬仰。况且，我们并不熟悉，甚至从无交谈。

当时，我正在构思创作长篇报告文学处女作《钢铁是这样炼成的》，困难重重、焦头烂额、苦恼至极。我住在五楼顶层，没有电梯，没有空调，也没有客人光顾，书房更是凌乱不堪。乃至，连一只待客的杯子也没有。

面对他的到来，我不明就里，只能表示欢迎。

于是，我赶紧收拾，随之下楼，买了两只茶杯。

我清楚地记得，那是两只带有浅红花纹的圆柱形玻璃杯，是乡下人婚宴上的常品。我，原本就是一个农村的老土啊。

第二天9时整，先生如约而至，手里提着一箱牛奶。

他身材清瘦、面容白净，略显稀疏的头发整齐地盘拢，覆盖着光洁锃亮的前额，更彰显饱学之士的优雅，尤其满口标准的京腔，更让土俗的我肃然起敬、手足无措。

我满怀忐忑，半心疑惑。

他款款地走进我的书房，一边说话，一边浏览架上的书目。

我赶紧重新洗杯，沏上绿茶。

而后，我们坐下来，聊天。

茶雾袅袅升腾，话题徐徐展开。他，1939年10月生于保定市满城县，1966年毕业于河北大学中文系。哦，居然是我多年前的师兄……

的确，我们尚属陌生。原来，他在市内工作，我在地区供职，一方水土，两个世界。三年前，地市合并，他任职文联，我从事新闻，两个系统，几无交集。我虽有文学心志，但身在基层，遍地文青，更兼禀赋普通，要想突破，难如登天。老实说，我对未来全无信心，只是得过且过。所以，那些年，我与文学界中断联系，从未参加过一次相关活动。

天气闷热，我打开电扇。电扇摇头晃脑，散乱地吹风。

但我们的话题，却集中，也热烈。

他说看过我的一些散文作品，欣赏我的文字感觉，希望专心致志，进入文坛。

是啊，他曾是重点中学语文老师和校长，还是作家和评论家，更是一位热心的文学界领导人。他的办公室不足十平方米，却是作家们的乐园。众人和他挤坐一起，清茶一杯，话题成堆。业余作家散落各地，或居偏远乡村，或处喧闹工厂，他都会按图索骥，踩着泥泞，穿过风雨，登门寻访。1995 年，我的第一本散文集《那一年，我十八岁》出版，他很快就在《河北日报》发表了一篇评论，热情鼓励。

刚过 11 时，他起身告辞。

我真诚地表示已安排宴请，要敬他几杯。

他笑一笑说，若宴请也应他买单，不过，君子之交淡如水，既然已经喝茶，就不喝酒了，而且，他从不饮酒。

他走后，我发现，茶水也并没有饮几口。

两杯茶水，清澈澄明，依然端坐那里，静静相对，默默交流。

这之后，我与他的接触仍旧稀少。很快，他退休了，我也到外地写作。但在我心里，已把他奉为师尊。逢年过节，总要问候。

再几年，我得奖了，又得奖了，薄有虚名。但毕竟年轻啊，对自己的未来，并无规划。

他多次劝我，尽快调到文联，从事专业，并直接向市领导推荐。我调入文联后，他又建议，要专门成立工作室。工作室成立后，为了给我创造更宽松的环境，他又数次致信市领导，并主动上门，当面力争，大声疾呼。有些言辞，尖锐激烈，惹人不悦。

这些言行，对于一位温和、清高、与世无争的退休老人，何其出格！

但更难忘的是，对于我，他总是真诚却又严正地劝诫，不要骄傲，不要满足，要走出邯郸，要超越自我，要站在历史和文明的高度，进入知识分子写作，语重心长、苦口婆心。有一次，甚至瞪大眼睛，怒颜厉责："春雷啊，你要清醒啊！"

我猛然惊悚，幡然悔悟。

的确，他历尽沧桑、学识渊博、不沾烟酒、淡泊名利，是一个真正的明白人和善良者，有圣贤之风、君子之质。

我，当然理解他的善心和苦心。

于是，我们的心更贴近了。我多次恳请登门拜访，可他总是回避。托辞永远是君子之交淡如水，不要客气、不要麻烦、不要浪费、不要俗套。

一次，我执意宴请，他终于答应了。我立即买来一些礼品，备在车上。宴席上，他照旧只是品茶、聊天。饭后，我坚持送他回家。可到达后，他仍不让上楼。我实言相告，这些礼品略有重量，需要搬运。他犹豫了一下，但态度不变，拒绝让步。为了避免尴尬，他只拿出一箱牛奶，提在手里，叹息着，慢慢地上楼了。

看着他清瘦却坚挺的背影，我默然无语。

老天作证，这是我平生送给他的唯一礼物，却没有送进家门。

我想，他虽年迈，但精神矍铄，来日方长吧。

去年 4 月底，我在北京，突然得到消息：高杨先生去世，鉴于疫情，丧事从简。

惊闻噩耗，五内俱焚。躬身向南，遥致哀心。

独处时、静夜里、睡梦中，总有一位儒雅博学的老人、一位亦师亦友的长者，悄然而至，微笑地看着我，严厉地瞪着我，却又热切地护佑着我。

看着高邈的天空，我常常想，如果世上犹存君子，他必定是一位；设若人间尚留良心，他绝对有一颗。可惜啊可悲，这位君子、这颗良心，远去了，远去了。

呜呼哀哉，呜呼哀哉。

清明临近，天人同祭。我不能不强烈地想起他，我的良师，我的恩师！

我似乎又看到了 25 年前的那两杯茶水，清澈澄明，像他的一双眼睛，看着我，看着我……

（发表于《人民政协报》2022 年 4 月 11 日）

袁老师

1981年秋天，我在县城读初中。由于痴迷文学，又听闻本校高中语文老师袁克礼先生的盛名，便贸然登门拜访。

他住在学校西北角一座低矮的平房里，门前一方小院，红砖青瓦爬满苔藓，瓜棚豆架绕遍青藤。

门开了，一位满头白发、身材矮瘦的长者站在面前，满脸微笑。哦，那一年，他只有47岁，却已是霜雪覆顶了。

袁老师生于邯郸县，早年毕业于河北北京师院中文系，而后到我县教书。执教多年，早已是桃李芬芳。业余时间，他还时常发表一些小说散文，又被小城奉为文学宗师。

当时，我刚刚学习写作，却又自觉良好，常常手捧习作，前往讨教。他也不嫌麻烦，戴上老花镜，耐心审看。有时，我也读给他。他闭着眼睛，静静地听。看完或听完后，点上一支烟。烟雾腾腾中，开始提意见，一二三四，针针见血，颇让人心明眼亮。有时候，讲小说写法，谈文坛逸事。

就这样，我悄悄登上了文学这叶飘摇的小舟，驰向了一片浩淼的海洋。

初中毕业时，由于严重偏科，我未能考上高中。分数之低，只是录取线的一半左右。我懊丧至极，心底一片灰暗，不得不回家务农，着手做当一辈子农民的筹备。万万没想到，袁老师却正在为我进行着最大努力。他再三地恳请校长，最终破格将我录取。

那是一个酷夏的午后，我戴着草帽、顶着骄阳，正在村东的棉田里劳作。他委托一名同学，骑着他的自行车，辗转十多公里，找到我家地头，通知上学。我喜出望外，飞快地向通知书跑去。身旁浩瀚的棉田，恰似快艇在海面上犁开的一道绿色波浪，又宛若举起了亿万双快乐的小手，为我鼓掌，为我欢呼。

我读高中后，语文老师正好是他，且是班主任。

我向他表示要好好学习写作，将来当一名农民作家。那个年代，大学录取率极低，对我来说只是奢望。他却严肃地劝我要学好功课，争取考上大学，只有这样，才能更快更好地实现文学梦想。

在他的鼓励下，我的功课竟然全面赶了上来，包括以前最落后的英语和数学。后来，全县文科生只有四人考取大学，我便是其中之一。进入大学，才系统地学习了中外文学，才有了宽阔的视野，才有了更高的平台，并最终有了今天的些许成绩。想来，那是人生最重要的一个路口啊。

我的处女作《笑笑饭店》，也是他一手促成。

那是 1984 年 9 月，邯郸地区团委和教育局联合举办一次大规模的国庆征文竞赛。我正在准备高考，本不想参加。他却用起了激将法，当着全班同学说："李春雷，你一定要参加。大家都等着欣赏你的大作呢。"

被逼如此，我只有答应。

当晚，我苦思冥想，先后写出三篇散文，其中就有《笑笑饭店》。

我承认，这是一篇改变我人生命运的奇文。可让我至今仍然不可思议的是，以我当时的幼稚和浅薄，实在没有能力写出如此文章，但那天夜里，仿佛真是如有神助。

说到这里，我不得不感谢自己前几年的苦心努力，更不得不感谢袁老师强加给我的神奇压力，也不得不庆幸自己极幸运地捕获了沉重压力之下偶然迸发的那一星稍纵即逝的灵感火花。

不过，由于当时是匆匆写就，第二天向他交稿时，我心底仍是忐忐忑忑。

他读过后，双眉紧蹙，盯住我，沉默良久。

我愈发地紧张了。

他严肃地问："这是你自己写的吗？"

我重重地点点头。

他再次沉默了一会儿。忽地，眼中放射出灼灼亮光，慢慢地却是言之凿凿地说："如果是这样，我在此做一个断言：这次作文竞赛，无论多大规模，无论什么人参加，这篇作品就是一等奖第一名！"

我大吃一惊，心想袁老师是在说大话了。

因为，我曾经听闻别的老师这样非议他。当时，我校教学成绩在全区数十所重点中学中排名末尾，而且这次征文还有社会青年参加，像我这样一名落后中学的普通农村学生能拿头奖，简直是天方夜谭。

一个月后，他的预言，竟然成真。

我清楚地记得：那是一个傍晚，我正在操场上荡秋千，校团委书记霍文秀老师风风火火地跑过来，高喊着告诉我：刚在县团委开会，看到了地区颁发的喜报，全校只有我一人获奖，而且名列榜首。

我如雷轰顶，呆若木鸡。而后，飞快地跑进县城，摸黑找到县团委值班室，探问真假。确定无误后，又驾驶着春风，飞驰到袁家小院，手舞足蹈地报喜。

当时，袁老师正和家人一起看电视。听到喜讯后，他高兴地仰倒在躺椅里，哈哈大笑，师母也连连祝贺。大家笑语正欢，他十多岁的宝贝儿子却突然"哇"地大哭起来。原来，这次征文，各界重视，袁老师的女儿也参加了。她平时深得父亲亲授，想来也抱有很大希望，却没有得奖。小孩子总是天真无忌，边嚎哭边埋怨，顿足捶胸："你帮着别人拿奖，不帮着姐姐，呜呜呜……"

袁老师没有理会儿子的眼泪，继续在躺椅里一前一后地晃悠着，笑声在四壁间盘旋回响，头上的缕缕银发仿佛是一绺绺充电的钨丝，放射着亮闪闪的辉光。

他的预言，实在是一个奇迹。

在以后的日子里，我遇到过数不清的编辑先生，但似乎谁的眼睛也没有如此犀利和精准。

转眼间，高中毕业已经三十多年了。

在这黑黑白白的漫长岁月里，我依靠中学阶段打下的基础，在文学道路上寂寞地攀爬着，坎坎坷坷中居然也小有所获。而袁老师，虽然身体瘦弱，却也健康如昨。

他，确乎堪称小城历史上最优秀的语文教师，赢得了倾城尊敬。退休后，一些私立中学盛情相聘，而他又难舍教鞭。于是，直到年过七旬，才走下讲台，告别粉笔。

这些年，他与儿子生活在一起，安静养老，欢乐融融。

每回县城或每年春节，我都会登门拜望。

对于这位人生的第一位恩师，我要永远像父亲一样奉敬啊。

（发表于《今晚报》2024 年 9 月 10 日）

颖川先生

近日，专程赶往涿州，拜望颖川先生。

先生原名刘维燕，1933 年 5 月生，河北省蠡县人，资深散文家和文艺评论家，早年曾任涿州市文联主席。

1987 年，我在邯郸师专英语系读书。虽然发表过几篇作品，却没有什么影响。在那个文学年代里，像我这样的文学青年，多如牛毛。想到最终没有出路，很快又要回归农村，瘦瘦弱弱的我，心底堆满了肥肥胖胖的苦闷。

大约 5 月初，时任邯郸市文联主席赵晋贤突然找我谈话，惊喜地告知：省里最新创办的《散文家》杂志创刊号，在重要位置发表了我的散文。

我一头雾水，莫名其妙。

他拿出杂志。果真，我的作品赫然排列在第二条。而后面的名字，大都是国内名家，诸如袁鹰、雁翼、韦野、尧山壁、梅洁等人。

我更纳闷了，因为从来没有向这家杂志投稿啊。

几个月后，我又从市文联得到一份省作协主办的报纸《河北作家》。原来，河北省散文学会近日在张家口召开会议，对本省近年来的散文创作进行梳理和总结，我竟然是新生代作家第一名。

此时，我已从邯郸师专毕业，被分配到一个偏远的乡村中学教书，正在失望和绝望的泥淖中挣扎。

不料，几天之后，天降喜讯：省作协推荐，免试免费进入河北大学中文系作家班读书。

以上三宗喜讯，均发生在半年之内。

由此，命运发生了根本改变。

对于这一系列眼花缭乱的意外之喜，我莫可名状，大惑不解。除了感谢省文学界领导的栽培之外，我似乎感觉，背后还有一只无形的推手，在有意无意地发力。但姓甚名谁，又无从知晓。

在后来的漫漫岁月里，我一直暗暗探问，多方求证。直到2013年，才解悉谜底。

原来，我在邯郸师专读书期间，曾向河北日报文艺部投稿。彼时，河北的文学氛围格外浓烈。河北省委副书记李文珊本身就是一位散文家，指示筹办一家省级散文刊物。时任省文化厅副厅长韦野和省作协主席尧山壁作为牵头人，将刊物拟名为《散文家》。他们两人工作忙碌，只好借调散文家兼评论家颖川先生主持具体工作。由于是创刊号，没有稿源，便将河北日报文艺部和省内几家文学杂志的散文来稿汇聚起来，从中筛选。我的作品，就这样鬼使神差地进入了颖川先生的视野。

我投稿时用名"李春蕾"，仿佛是一个女孩儿。

发现我的作品后，颖川先生十分肯定，便竭力推荐。当时，社会风气还比较纯正吧，良知和正气更多一些。编委会的最初意见是将此稿置于头条，可后来又感觉不妥，一是因为创刊号太重要，邀请了诸多名家；二是"李春蕾"是一个"三无"作者，是男是女无人知，年龄大小无人知，工作单位无人知。所以，只好排在第二条。

即使这样，也引起了轰动和关注。

作品发表不久，即1987年7月，河北省散文学会在张家口召开座谈会，省委副书记李文珊亲自参加。会后，颖川先生受命主笔整理会议纪要。正是他，将我置于新生代散文作家首位。

这篇文章在省作协主办的《河北作家》等业内报刊发表后，再次在省内文学界引起了反响。

默默无名的我，刹时从"牛毛"变成了"凤毛"。随即，被推荐进入河北大学中文系作家班。

正是踏着这个平台，才有了今天的我。

现在想来，这次豹变，完全是《散文家》杂志的隆重推荐和河北散文学会的"状元"排名。而具体操刀人，均为颖川先生。

明白这一切的时候，已经是26年后的2013年。此时，早已时过境迁，当事人多已去世，存世者星散各地。

经过多方打听，我终于得知颖川先生居住涿州。再加辗转，果然联系上了他的女儿。于是，那年夏天，我立即前往，拜望先生，敬献迟到的感恩。

那一年，先生81岁，行动略有不便，但精神饱满。他生活在一个老式小院内，花草繁茂，环境清幽。读书写字，适得其所。

从此之后，我经常与他女儿联系，询问近况。每年大年初一，更是早早地电话拜年。最初几年，他亲自接听，总是笑声朗朗。近些年，我感觉到了他的虚弱，便计划再次登门探望。可相隔千里，总是难以抽身。加上疫情沉浮，竟然未能成行。今年春节拜年时，他左耳失聪，难以接听电话，只能让女儿转述。我心内一阵自责，即刻相约春天。

前天上午，终于相见。

送什么礼物呢？去年，我到上海出差，在一个特殊场合遇到一枚极其罕见的原生灵芝标本，直径50厘米左右。我当时就想，这枚灵芝形貌吉祥、寓意丰富。于是，就请了回来。

果然，当我奉上灵芝的时候，92岁的老人满心欢喜，宛若童颜。

我惊喜地发现，先生虽然听力模糊，但身心尚好，生活仍可自理。紧握我的手，犹如青年人一样有力。他还经常写日记，字迹工整、刚健、熟美，超越常人。

更惊诧的是，他最近的一篇日记，再次写到了我。或许是巧合，似乎有感应。

先生指着卧室墙壁，让女儿把灵芝挂上去。

好的，那就挂上去吧。让灵芝代表我，时时守护着您，祝福着您。祝福老人家康悦、长寿。

涿州，古称范阳和涿郡。这里，是刘备的故乡，是张飞的故乡，是六祖、郦道元、贾岛、卢照邻、邵雍等名人的故乡，但于我而言，就是恩师的故乡！

（发表于《散文百家》2024年第7期）

母校三题

　　曾为学子，必有母校。

　　回想学生生活，除了故乡小学之外，有三处母校，对自己有着根本的教化作用。

　　1979年9月，我从故乡村小考入成安县第一中学，在此沐浴6年初中和高中教育；1985年9月，考入邯郸学院英语系；1987年9月，被推荐进入河北大学中文系作家班，学期两年。

　　前后10年的中学和大学教育，使我从一个简单的农家子，成为一个初步的文学人。就像一枚土头土脑的蝉蛹，经过几千个日日夜夜的发育、沉闷和蜕变，终于生出了自己的翅膀，爬上了自己的枝头，发出了自己的声音。

年过五旬，回想来路，感慨万千。遂将过去的零散旧作，重新打磨，组成系列三题……

青核桃

至今我也不明白，当年的母校为什么长满了核桃树。

我的故乡成安县，位于华北平原腹地。20 世纪七八十年代，乡土的景观树只是杨、柳、槐、梧桐等几种。在我的意识里，核桃树是山区人的专属。小时候，每到冬天，父亲就骑着自行车，西行几十里，到接近太行山的集市上，用小麦、棉花换回核桃、黑枣等山货。哦，那一枚枚核桃，坚硬的甲壳、褐色的颜容，恰似一颗颗圆滚滚、光溜溜的小脑瓜儿。

1979 年 9 月，我从农村小学考入县城中学。报到当天，就惊奇地发现，校园里遍布茂密的核桃树。从此，我的 6 年中学时光，便全部被这些茂密覆盖了。

春光明媚，一片片卵圆型的新叶毛茸茸、翠亮亮，肖似猕猴的耳朵，宛若蜻蜓的翅膀。赤日炎炎，庞大的树冠蓊蓊郁郁、深绿凝碧，犹如一群雄浑且沉默的男子汉。秋风涂金，满树明黄，夕阳中的叶片，蝴蝶般翩翩起舞、飘飘欲仙。一场大雪，天地白白胖胖，树们卸妆了，穿上厚厚的冬衣。那粗皴的皮，似盔甲，像鳄鱼。

母校始建于 1950 年，位于城南，正门向北。门内一个圆坛，植满冬青。坛中央竖立一根高高的旗杆。圆坛后面，是一条主路，直抵校园南墙。主路两侧，从北向南依次是办公区、教学区、宿舍区。一排排建筑，均是墩墩实实的青砖灰瓦房，仿若一位位端庄儒雅、正襟危坐的先生。

这些，都位于校园核心地带。散布四周直至围墙的零碎建筑，便是教工宿舍、学生食堂、厕所、校办工厂等等。

这个格局，恰似核桃——围墙是坚硬的壳儿，多元功能区是香软的仁儿；又仿佛故宫、城镇、四合院以及人体等等。再深思，这地球上，动物、植物、政治、经济、文化、军事，甚至每件事理、每个细胞，不都是如此结构吗？首先是一个完整、坚韧、漂亮的表皮。表皮之内，包裹着五脏六腑、杂杂碎碎的内容。

哦，宇宙，就是由一颗颗大大小小、精精致致的核桃组成的，而我们每个人，都生存在一颗特定的核桃内。

当然，这一切，都是我现在的胡思乱想。彼时，我只是一个懵懂少年。

入学时，我身高不足 1.5 米，枯瘦如柴。家境贫寒，周末回家，每每带来十多个馒头、黄窝头和一罐头瓶咸菜，担当一周的主食。学校食堂提供馏饭服务。上课前，我们把自家的干粮装入各自网兜，放进蒸笼。开饭时，匆匆跑过去，分别取回。雾气腾腾中，笼屉上一堆堆干粮，红红白白、黄黄紫紫。

夏天的晚上，我常常坐在教室窗后的核桃树下，读小说、写日记。灯光雪亮，叶丛间忽隐忽现的青核桃，像一双双亮晶晶的眼球，看着我。而我的眼球，则怔怔地盯着一只在树干上攀爬的蝉蛹，土头土脑、慢慢腾腾。

我的成绩糟糕，尤其是数理化和英语。最害怕考试，看着一张张沟壑纵横的考卷，烟雾缭绕、蚂蚁乱爬。

中考时，我原形毕露。几张试卷加起来，总分155.5，其中英语 7.5 分、数学 15 分。这个成绩，与高中录取线相差甚远。

我懊丧至极，心底一片黑暗。万万没有想到，我的恩师袁克礼先生，正在为我做着最大努力。他以我的写作特长为由，再三恳请校长，并最终破格录取。

进入高中后，我的学习进入正常轨道。最自豪英语，居然跃居全班前列。还有数学，也摇摇晃晃地追至中游水平。

正是迷茫、痛苦、多愁善感、喜怒无常的年龄。总是思考一些莫名其妙、不着边际的问题；总是自卑，对考上大学没有丝毫信心；总是感觉所有理想都是幻想，而我最实际的未来只是故乡的黄土地。

课余时间，我仍是坐在核桃树下苦思。某一天，蓦地想起，几年来惯看核桃青青，却从未品尝过成熟果实。为什么呢？或许，核桃未见秋天就被风雨吹落了，也许被顽皮的同学打掉了。抑或，被一些狡猾的成人偷走了。这些浓浓的怅惘，更助长了我的悲观。

全部自卑和失落，都倾诉在日记里。

现在想来，这真是一个良好习惯啊。我把每天的所忧所思所感所悟，默默且细细地记录。几年下来，竟然累积数百万字。这些日记，是青春的鲜活记忆，更让我初步找到了文学感觉。

1984年9月，邯郸地区举办一次大型征文竞赛。我忙于高考，无心参与。袁老师却当着全班同学，用激将法："你一定要参加，大家拭目以待啊。"被逼无奈，只有答应。当晚，我写出一篇散文《笑笑饭店》。

不得不承认，这是一篇改变我人生命运的奇文。可至今仍然不可思议的是，以我当时的年幼浅薄，原本没有如此能力，但那天深夜仿佛真是如有神助。我思维的小核桃，豁然灵光了。于是，下笔如有神，文思若泉涌。

第二天，呈交作品时，我心底忐忐忑忑。

袁老师看完后，深深盯着我，严肃地问："是你写的吗？"

我点点头。

他沉默一会儿，眼中忽地放射出灼灼亮光，慢慢地却是言之凿凿地说："如果这样，我做一个断言，这次竞赛，无论多大规模，无论什么人参加，你是一等奖第一名！"

我大吃一惊。当时，我校的教学质量在全地区处于末流，这次征文又是面向社会，而我只是一个普通中学生。这个预言，不啻天方夜谭。

谁知一个多月后，梦想成真！

我清楚地记得那是一个傍晚。我正在学校门口东侧荡秋千，校团委书记霍文秀老师风风火火地跑过来，向我喊话。他刚在县团委开会，看到了地区颁发的喜报，全校只有我一人得奖。我仰天大笑，而后手舞足蹈地向袁老师家跑去。

袁老师一家人正在看电视。听到喜讯后，他高兴地仰倒在躺椅上，哈哈大笑。不料，我们笑语正欢，他十多岁的宝贝儿子却"哇"地大哭起来。原来，这次征文，各界重视，袁老师女儿也积极参加。她爱好写作，又深得父亲面授，自然抱有更大希望，却没有得奖。小孩子总是天真无忌，边嚎哭边埋怨："你帮着别人得奖，不帮着姐姐，呜呜……"

袁老师没有理会儿子的眼泪，继续在躺椅上一前一后地晃悠着，笑声在四壁间盘旋回响，头上的一缕缕银发，好似一根根充电的钨丝，放散着亮闪闪的辉光。

1985年7月，中学毕业。我的个头，长至1.72米。这个高度，直到现在也没有改变。而人生方向，已基本确定。

学校，确乎就是一座知识装配工厂。一届届的学生走出校门、走向社会，化身为国家这个大核桃中的一粒粒微小分子。至于对民族和社会、为文化和文明提供了多少营养，谁也说不清楚。

我呢，更是如此。这些年，怀揣初心，就像母校当年的那只土头土脑的蝉蛹，在社会这棵巨大的核桃树上艰难地攀爬，有失败、有收获、有痛苦、有欣喜。至今，对于现实社会这张考卷上的不少难题，仍是看不透、想不通、解不开，但庆幸的是，我仍然坚挺着、梦想着、追寻着。

而母校，早已乔迁至县城之北，变成了一片现代化高层建筑。

新校区，告别核桃树，代之以一些时尚树种。

去年，我回去探望。满眼陌生，俨然梦境。

前几天，翻看中学毕业合影。照片背景，就是一棵棵茂密的核桃树。恍惚间，冥然置身当年。

写到这里，我拍一拍自己灰白的老脑瓜儿，依然是一颗青核桃呢。

（发表于《人民政协报》2020 年 12 月 7 日）

梧桐月

1985 年 9 月，我从乡下来到邯郸学院英语系读书时，还是一个毛毛糙糙、懵懵懂懂的青涩少年。未来和文学，只是一个飘渺的幻想，就像早春天际里浮游的一抹绿意，羞羞的，淡淡的，若有若无。

学校位于邯郸市区北部。南望 800 米，便是丛台；西行 100 步，即为学步桥。门前一条清清浅浅的沁河，汩汩东流，前往大海的方向。

校园坐北面南，占地约 200 亩，大都是 20 世纪五六十年代的建筑。北部、西部和东南角散布着教职工住宿区，西南角是学生宿舍楼，西北角是食堂，东部是操场。中间围拢的腹地，便是教学区了。

梧桐树，最多的是梧桐树，比肩连袂地站立在路旁和教室前后的空地上。粗皱的枝干，阔大的叶片，浑厚的绿荫，酿造着一团团深沉的静谧。夏季里，一阵微风吹过，丝丝细雨般的爽凉，纷纷飘落到燥热的皮肤上和头发间，或栖息在烦闷的心窝里，窥探着青春的谜底。

校门内是一条主道。前行 200 米，路东侧有一个露天阅报栏。几份每天更新的报纸，散发着浓浓墨香。副刊是我的最爱，一些美文总要抄下来，反复咀嚼。每天午饭后，我便站在报栏前，或俯在玻璃上，细细誊写。那些密密麻麻的精灵文字，像蜜蜂，像种子，悄悄地在心底筑巢，发芽。

教室分三排，全是青砖蓝瓦房，敦敦实实，敞敞亮亮。我们英语系的课堂就在前排最东侧。入学时，小小的课桌上，一下子就堆满了 30 多本薄薄厚厚的专业书籍。看着这些爬满 26 个英文字母的天书，心里阵阵颤栗。竭力地去听，去看，去思考。单调的思维，艰涩地结网。好黑暗、幽深的隧道啊。摩擦，碰撞，苦恼，有一种焦糊味儿，中药味儿，却又掺杂着莫名的甘醇和诱惑，若美女的顾盼，似暗香的摇曳。

窗后有几棵梧桐。夏夜，树下阅读。半窗灯火，白亮如雪；一轮明月，皎洁似水。土头土脑的蝉蛹，蠢蠢地在树干上蠕动，像笨头笨脑的我。夜深了，我独自向宿舍走去，踩着无边的寂静，楼道里回响着一串串迟缓的、疲倦的脚步声。就这样昏昏沉沉地上床，闭上眼睛，直入黑甜。梦里，漫天的英文字母簌簌飘落，犹如星雨霏霏。

家属楼东北角的最高层，是中文系教授李志义的寓所。课余时间，我常常拜访。先生与诸多作家交好，梦想写出一部托尔斯泰《战争与和平》式的反映中国抗日战争的长篇小说。冬天的时候，他终日写作，足不出户，自号"不下楼先生"。先生讲述过许多作家的秘闻轶事，那是与书上完全不同的版本。

每天午后，抄完报纸副刊，我会去河边散步，间或沿着河岸，去联纺路邮局投稿。我试着写了多篇散文，偷偷地装进信封，寄往全国各地。但不久之后，沉重的稿子们便像信鸽一样，翩翩飞回，又像铩羽而归的士兵，垂头丧气。我呆呆地坐在学步桥上，心壁落满蝙蝠，冰冰凉凉，似乎自己就是那位愚昧可笑的寿陵少年。小河静默无语，流淌着黑黑白白的日子。

天麻麻亮，房檐上、树梢上缠绕着浓稠的夜色。我又回到树下，晨读。猛然看见蝉儿昨夜蜕变后遗留在树干上的一具具甲壳，孤孤零零、虚虚空空，一股莫名的失落和怅惘弥漫心胸。忽而想到金蝉脱壳、凤凰涅槃、鸽哨翔天，便又生发出无边的信心和幻梦。于是，我大声朗诵，径直走进了哈代和欧·亨利的世界，直读得口干舌燥，浑然忘我。渐渐地，周围的人影多了起来，中文系的男生在摇头晃脑地读古文，政教系的女生正铿铿锵锵地练讲演，音乐系的男男女女开始咿咿呀呀地唱歌剧。偌大的校园，似一朵神秘而萌动的花蕊，在朝阳的呵护下，已经挣脱了夜的纠缠，绽放开纷纷繁繁的姹紫嫣红。蓦然四顾，我惊喜地发现，寰宇之内，红意氤氲，清灵灵的树叶上，明晃晃的窗户上，每一滴露珠里，每个人的瞳仁里，都蕴含着一个圆圆满满的小太阳。

下午的时候，我每每去打篮球。疯狂地奔跑，在球场上碰来撞去，浑身大汗淋漓。不知不觉中，我的个头窜高了，身体强壮了，嘴角长出毛毛茸茸的胡须，心底总是忍不住滋生一些花花绿绿而又怪怪诞诞的想法。椭圆形的操场，像一张巨大的焦焦黄黄的油饼，香喷喷，勾引着我的食欲。肚子咕咕地嚷叫，开饭时间到了。

食堂其实就是一个大礼堂，全校师生开会的地方。两侧一字排开售饭的窗口，飘散着五彩斑斓的葱香和肉香。我们这些读师范的学生，饭费由国家补助，每月40多元，基本可以满足。那些粗糙的却是纯正的绿色食品，浩浩荡荡地进入了肠胃，昼夜不停地分泌着蓬蓬勃勃的荷尔蒙。我的身体日渐成熟，充满了力量和冲动，攥住拳头，跳跃起来，似乎能把老天戳一个大窟窿。

1986年春末夏初，我再次精心创作了一篇散文，满怀憧憬地寄了出去。不想几天后，信鸽再次返巢。我情有不甘，便手拿稿子，毕恭毕敬地找到本市的一家编辑部，当面请教。或许当时的文坛风气已经浑浊，或许编辑老师另有口味，稿子再一次被枪毙了。我失望至极，回来的路上，赌气地把退稿直接寄给了国内最权威的一家散文刊物。

出乎意料的是，仅仅一周之后，编辑回信了。

我清楚地记得，那是一个小小的信封，捏在手里，轻飘飘。开始，我的心底本能地涌起一股浓烟迷雾般的懊丧。稍顷，霍然意识到了什么，一团红烈烈的火光骤然升腾。我小心翼翼地拆开来，果然，只有一页巴掌大小的便笺，手写着几行字，大意是文笔不错，下期刊用，特此通知。

那原本是一个黄昏，浅月如盘，若隐若现，但对于我却是另一番天地。恍然间，我感觉黑糊糊的校园内顿时日月同辉、天地澄明、芬芳四溢。所有的梧桐树，都变成了一个个笑靥如花、裙裾飘飘的靓女，而万万千千的树叶们，更像一双双灵动的、白皙的玉掌，在琴键上欢快地弹奏着莫扎特的浪漫小夜曲，或在铺满月光的地面上一撇一捺地书写着梦幻般的情诗。

这，就是我的处女作！

不久，一张 19 元的汇款单飞了过来。

这，就是我的第一笔稿费。

我的写作热情，在那个夏花烂漫的季节，火一般燃烧起来。紧接着，一发而不可收，又连续发表了十几篇作品。

那一段光阴，是我人生中最美丽的青春。虽然仍是心事稠繁，满腹狐疑，但我的信心已如阳春三月，明朗且热烈起来。文学的宫殿，纵然烟云缭绕，高高在上，可我已经听到了她神秘的钟声，看到了她神圣的影像。

秋风涂黄，梧桐凋零。两年之后，我不得不毕业离校。

20 多年过去了。直到今天，我仍然在努力地攀爬着，有失败，也有收获。同学们有的升官，有的发财，大多数在平凡地生活着。而我的恩师李志义先生，最终并没有如愿，早已抱憾谢世了。

惟有母校，依然青春，永恒青春。

（发表于《光明日报》2015 年 3 月 20 日）

启明星

东南方向，是食堂；西北方向，也是食堂。

食堂窗口里，摆满了花花绿绿的青菜、白白胖胖的馒头、红红紫紫的炒肉，鲜嫩嫩、香喷喷、热腾腾。同学们摩肩接踵，将饭盆举过头顶，犹如一群饥饿的小兽，肚子"咕咕"地吼叫着，眼睛"呼呼"地冒馋火。

南侧，是篮球场。球场西面，则是开水房。冬天的午后或晚上，同学们手提圆桶状的暖瓶，在飘飘渺渺的白雾中翩然穿行，让人想起古代深山里读书人晨昏汲水的画面和意境。

东北面，是图书馆。馆体虽不够高大，却扁平敦实，仿佛一只镇静且安详的龟。门口，端坐着一位世界上头脑最聪明的老先生，那是一尊祖冲之雕像。祖氏深邃的目光，像祖宗一样深情地打量着晚辈后学们，安谧、肃穆而又慈祥。果然，走进图书馆的后学们，即使性情顽皮，也会刹时安静下来。于是，所有的男生女生，都屏息敛声地坐在长桌前，低下头，把目光和思考深深地锥进书页间。

我的教室，就在西南方向教学楼的三层，或北院大门内东侧第一栋楼的顶层。

我这样描写方位的坐标点，是我的宿舍。

我的宿舍，位于南院男生宿舍楼二楼东头阴面。这栋楼里，栖居着2000多个青春男性文静的躯壳和跳跃的灵魂。男生宿舍楼的北侧，便是女生宿舍楼。秀发飘飘、裙裾翩翩的女生们进进出出、颦颦笑笑，那是不少男生灼热的眺望和亢奋的呼吼。

20世纪80年代末，我在河北大学中文系作家班读书。

全班30人，大都是省内小有名气的青年作家，且已在社会上历练多年，只有我是一名没有社会经验的大学生，年龄最小、成绩最差。

那一年，我19岁，一脸青涩，满心懵懂。虽然怀揣狂热的文学梦，虽然发表过几篇作品，但置身于一个全新集体和更高舞台，成为其中的丑小鸭，心底本能地产生一种浓重的迷茫和自卑。

我每天读书、思考、写作，却又不得路径。情绪低迷、闷闷不乐，笔下的文字便如同一团热锅上的蚂蚁，乱窜乱爬、云山雾罩。又感觉头顶上有一群灰黑的乌鸦，在飞旋、哀鸣。抑或，自己永远就是一颗深埋在泥土中的种子，见不到阳光，得不到养分，借不到力量，冲不出包围。

班里有一位大姐，来自张家口，30多岁，是两个孩童的母亲。她格外用功，常常在教室里读书到深夜。大姐慈爱又善良，显然是贤妻良母，却总是面色憔悴、叹息连连。原来，她痴情文学，却又基础薄弱、灵性不足，更兼夫妻感情不睦，又挂念孩子，比较别人便总是悲观。同样心情郁闷的我，便时时与这位大姐相伴相随。

北院有教室，也有老乡，还有篮球场，我也屡屡在那里用餐、打球。

北院以理工科为主。但无论南院北院、文科理科，同学们总是自豪地炫耀着各自专业的先生们。他们都是本校的著名教授，也是国内同行业的翘楚，比如历史系漆侠先生、数学系杨从仁先生、化学系傅承光先生、生物系卢开运先生、教育系滕大春先生等等。

这些先生，如神像，似星座，高悬在学校上空，熠熠闪光。同学们虽然没有见过或很少见到，却也映照着自己的渺小，激励着自我的奋勇，昭示着前行的方向。

我所在的中文系，星座们似乎更多一些。顾随先生、詹锳先生、裴学海先生、张弓先生、雷石榆先生、魏际昌先生等等。这些先生早已退休，有的已经仙逝，有的定居天津。

偶然一次机会，我听说魏际昌先生是胡适的关门弟子，且住在附近的教工楼里。惊诧之余，我血气冲顶，贸然敲门拜访。

彼时，魏先生已经年过八旬。中等体态、步履蹒跚，白白瘦瘦的脸上，布满慈祥的笑容，只是嗓音喑哑。他的书房里堆满线装书，虽然有些凌乱，却更彰显出鸿儒气象。先生目若暖阳，柔柔地看着我，鼓励我要先做好学问，研究古典文学的文本和意蕴。

我的宿舍，是一个成人世界。师兄们都参加过工作，也大都结婚。晚上，他们每每大谈一些少年不宜的话题，让我惊异又羞赧。有一位史姓同学，因患小儿麻痹症而左腿萎缩，只能拄双拐行走，但他乐观且自信，又极有天赋，颇让我尊崇。

年底，学校组织歌咏比赛，我们班计划排演一段京剧折子戏《智斗》。我自小喜欢京戏，经常偷偷模仿裘派铜锤花脸唱腔，其实可以报名饰演胡传魁，但由于自惭形秽，就退缩了。

1988 年暑假结束了，大家俱已返校，唯独不见那位大姐。原来她因为压力过大，情绪郁结，引发心脏病，猝然去世。几天后，她的丈夫和儿子来到学校，注销手续，取走行李。我看着大姐遗像和两个年幼的孩子，撕心裂肺，几欲昏厥。

这一年寒假，为了磨砺意志，我决定不回家，在学校过年。

除夕晚上，我独自坐在冰凉的宿舍里，嚼着同样冰凉的馒头和咸菜，听着满城鞭炮，看着满天礼花，想起千里之外的父母，不禁泪流满面，进而泣至号啕。

春雨润青，夏日泼墨，秋草摇黄，冬雪飞白。虽然自卑，虽然失望，虽然痛苦，虽然沉重，但在不知不觉中，竟有许多收获呢。

每天研读、终日咀嚼，居然对古典文学产生了依恋，似乎揣摩到了古文的妙境。那种文质交融、珠圆玉润的精妙语言和熟美佳构，才是文学作品的最高境界啊。

　　我每天写日记，把随时随地的所思所想所感所悟，全部细腻地记载下来。每天作文数千字，每月写满一厚本。这种笨工夫，正是真功夫，意外地使我找到了文学的感觉。思考和思维，仿佛春蚕食桑，默默而肥，又宛若海水变盐，渐渐凝稠，而笔下的文字，确乎轻灵起来、柔软起来、芳香起来。

　　除了阅读写作，我最大的爱好就是打篮球。

　　宿舍楼下的就是篮球场。每天早晨或傍晚，都会打一场。野蛮地奔跑，落水狗般地流汗。

　　汗水浇灌中，身体快速发育。不知不觉中，个头长高了、胡须茂密了、四肢粗壮了。照照镜子，已经是一个完全的成人相貌。

　　又一次，我去拜访魏先生。先生刚刚出版一本书《桐城古文学派小史》，正好是我最喜爱的古代散文流派的研究专著。他馈赠一本，又工工整整地在扉页上写下一行字："春蕾学弟存览"，并郑重地签名钤印。我的心底，蓦然有了一种特殊的轰鸣和撼动。

　　星移斗转，日月沉浮。春天来了，万物苏醒，吐出芽尖，爆出翠绿。姹紫嫣红，俱是诗的模样。

　　的确，正是这时，我的作品开始陆陆续续发表。也是此时，我被进一步推荐到北京大学作家班就读。

　　黑暗、寂寞的泥土中，一枚坚壳、郁闷的种子，终于萌芽了。

不言而喻，为我带来空气、水分和营养的，是母校。

当然，还有母校里诸位尊师们的热光——那些神秘的光、神圣的光、神明的光、文明的光啊！

（本文系《河北大学的先生们》一书序言。2021年，是河北大学百年校庆。所谓大学者，非谓有大楼之谓也，有大师之谓也。百年以来，河北大学各学科诞生了数十位大师。校庆之前，学校决定出版一本书《河北大学的先生们》，并邀我作序。本文发表于《人民政协报》2021年11月8日）

人间仙界

今年六月，天气溽热，更兼诸事烦心，便随一众文友到金华市北郊避暑。

四壁环山，满目翠青。云雾缭绕，宛若仙境。纵是如此，仍是身心浮躁、郁闷难耐。晚上散步时，猛然听说附近竟是双龙洞和冰壶洞。

龙壶两洞，颇为著名，唐代之前便已公开，李白、王安石、苏轼、李清照、徐霞客和近人郁达夫、郭沫若、叶圣陶等都曾光临。叶翁还曾书写名篇《记金华的两个岩洞》，形象地记录了游览情景。

次日八时，我们从住处出发，拜访两洞。

太阳出山，火火烈烈。步行不远，便已汗水淋浛。穿过半坡乱石，蓦然发现前面断壁上探出一块岩石，青面獠牙、怒目切齿，仿佛龙头的上颚。

走进龙颚，即是龙口。

龙口下端，便是龙舌了，那实在是一块舌苔模样的巨石。

龙舌之上，可容纳百人。

环视四周，这只是一处半封闭型的浅穴。

那么，龙洞在哪里呢？

细细观察，在龙舌的咽喉部位，有一注暗流，从龙腹中汩汩涌出。

这就是双龙洞的第一个妙处：洞口位于水面之上，稍稍盈尺，人类需屈尊而入。

在工作人员的导引下，我们仰躺在一只小船上，借助内部绳索牵引，在幽暗中悄然滑行十数米，睫毛似乎摩擦洞顶。

恍恍惚惚，冥然穿越。

再放眼，果然已经进入一个清凉世界，五彩斑斓，光怪陆离，宛若海底龙宫。

龙宫的顶部，赫然吸附着两条天然的褐色龙形图案。在灯火的照映下，张牙舞爪，摇头摆尾。

双龙之下，遍布钟乳石，若兔、若鱼、若仙女、若稚子、若寿翁、若佛祖，湿漉漉、鲜嫩嫩，惟妙惟肖，栩栩如生，让人不得不叹服造化之妙。

其实，科学告诉我们，这些精灵，都是钙质的凝结。含钙的泉水，在封闭环境中，专注千百年，不是水滴石穿，而是水滴成石。那是时光的珍珠、岁月的琥珀。

原本，大自然神秘而简单，只是太漫长，漫长得谁也不是对手。一百年过去，一只石兔仍在孕育，却已换了人间。在造化面前，在时间面前，人生不如一株树、一块砖、一块石，甚至一枚石兔。

这就是人类的怅惘，生命的无奈。

当年，李白、苏轼、徐霞客、郁达夫、叶圣陶们，也是如此凝望吧。他们沉重而来，屈尊而入，揣着各自的怅惘，在这里浩叹，在这里畅想，暂得一时之欢，而后钻出洞去，继续各自的沉重。

揖别众仙，从双龙洞底部穿过一条长长隧道，进入冰壶洞。

自古以来，两洞虽然比邻，却是各自独立，游客需分别进出。直到近年，科技发展，才从内部凿通，连为一体。

冰壶洞，浑圆直立，宛若一个巨大的壶体。但见两挂瀑布，从天而降，上下纠缠，浑似两条咬斗的白龙，在壶腹中翻滚出巨大的声响。白浪跌落壶底，却又哑然失声，汇聚成一汪晶莹的湖，静若凝碧，默然无语。

驻足凝视，壶中乾坤，犹如宇宙与历史的微缩。日月浮沉，春秋轮换，沧海桑田，前世今生，动与静，生与死，毁灭与涅槃，瞬间与永恒……

是的，古人多是有神论者，世间不如意，便求洞中仙，洞中方一日，世上已千年。而我，恍惚之中，也仿佛羽化，进入了一个安宁、澄明世界，不知今夕何年。我是谁，谁是我，我是我，我非我，是我非我，非我是我。

猛然，我被人拍了一下，转瞬惊醒。原来，洞中人满为患，同伴在催我回归。

攀过一个细细的竖洞，从洞口——壶嘴中走出。

洞外世界，依然如故，蓝天白云，青山绿树，熙熙攘攘，人车满路。

刹那间，原汁原味的热浪，再次包裹了我。

人类，总是羡慕陶渊明，总是祈求寻得一方净土避世。殊不知，幻境桃花源，从来不曾有。真实的世界，永远在洞外。

洞中，只是一片清凉的驿站，一把小憩的摇椅。

小憩之后，还是要钻出幽洞，走进阳光，走进尘世，去经营各自的烟火人生，在酸苦中寻觅甘甜、在寂寞中体味盈实，在耕耘中采撷鲜果……

这，才是生命的仙界！

（发表于《光明日报》2018 年 11 月 16 日）

老街邮局

前些天，回到故乡邯郸，在老城区闲步。

串城街的南端，就是古城南门。出南门东行，便是小河路。小河路与中华大街交汇处南侧，坐落着一家邮局——中华街邮局。这座只有三层楼的老式建筑，在高楼夹缝里与繁华时尚中，鲜明落伍了。

虽然浑身绿油油，却是门可罗雀。特别是门口的水泥台阶，年久失修，多处碎裂。

这一切，似曾相识。注目凝视，心底猛然"嗡"地一声，仿佛弹响了一架钢琴。

这蜂鸣般的琴声，犹如万千只无形巨手，一下子把我抛进时光隧道，推向了 38 年前。

　　1986 年，我刚从乡下来到邯郸师专英语系读书，满头浓发，浑身青涩，虽然瘦瘦弱弱，却也暗生野心。那真是一个文学年代啊，似乎每一只小鸟、每一棵小树都在交头接耳地探讨着文学的秘密，酝酿着自己的作家梦。

　　由于痴爱文学，我曾苦苦地写作多篇散文，偷偷地装进信封，频频地寄往全国各地。但不久之后，幼稚的稿子们便似成熟的信鸽，翩翩飞回，更像铩羽而归的士兵，垂头丧气。我呆呆地坐在学校门口的学步桥上，心壁落满蝙蝠，冰冰凉凉，似乎自己就是那个愚昧可笑的寿陵少年。

　　那年春天，我虔诚地前往中华大街南段的报社，拜访一位编辑先生。编辑先生草草翻过，基本否定。几天后，我又精心修改了一篇散文，信心满满地再次登门讨教。不料，仍是被拒绝。现在想来，当时的社会风气，已经变味儿了。

　　我懊恼至极，心灰意冷。什么他妈的春光、春风、春色，俱是一片黑暗和苦涩。

　　返回途中，路过中华街邮局。

　　彼时的邮局，好像刚刚建成，三层楼，新崭崭，绿翠翠，在周边低矮且灰黄的建筑群中，宛若一位傲立群芳的新娘。门口是几个书报摊，摆满了最新的报纸杂志，花花绿绿、香香喷喷。大堂里更是熙熙攘攘，人们都在忙着寄信、汇款、拍电报、打长途电话……

满心暗火的我，坐在门口的台阶上，气急败坏地胡思乱想。赌气之下，斗胆把稿子寄给了国内散文界最权威的《散文》杂志。这家期刊位于天津市赤峰道24号，是基层作者的最高梦想。过去，我自惭形秽，从不敢投寄稿件。

寄出之后，似乎释然，便也就抛之脑后了。毕竟，只是一时冲动。

万万没有想到，仅仅一周之后，编辑回信了。

我清楚地记得，那是一个小小的牛皮纸信封，捏在手里，软塌塌、轻飘飘。开始，我的心底本能地涌起一股浓烟迷雾般的懊丧，以为又是退稿。稍顷，蓦地意识到了什么，一团红烈烈的火光骤然升腾。我小心翼翼地拆开来，果然，只有一页巴掌大小的便笺，写着几行字，大意是文笔不错，下期刊用，特此通知。

编辑老师的名字，我仍然铭记：魏久环。

那本是一个黄昏，阴阴沉沉，半明半昧，但对于我却是另一番天地。恍然间，我感觉黑糊糊的世界顿时天地澄明，日月同辉，芬芳四溢，滴青流翠。

这就是我的处女作！

不久，我收到一张 19 元的汇款单。

这就是我的第一笔稿费。

我的写作热情，在那个烂漫的季节，火一般燃烧起来。

从此，我走上了文学之路。奔跑着、跌撞着、苦痛着、欢乐着，直到现在。

白云苍狗，恍若隔世。今日梦醒，猛然觉悟：

这里，正是我梦想起飞的地方！

哦，这个冷清的邮局，还是当年模样，只是老旧了。

是的，时代变化了，谁还寄信呢，谁还汇款呢，谁还拍电报呢，谁还打长途电话呢，谁还购买报纸杂志呢。

我默默地看着寂寞的它，它也静静地看着孤独的我。

相看两不厌，会心却无言。

怅然若失中，眼前悄然涌起一团铺天盖地的白雾。

在这无边的白雾里，在这浩瀚的光影里，我隐隐约约地看见一幅无声且缓慢的黑白画面：一个满头华发、浑身沧桑的中年人，怔怔地坐在台阶上。而后，毅然走进邮局，再次寄出了一封信……

只是，这封信，寄给谁呢？

（发表于《新民晚报》2024 年 5 月 13 日）

秦岭之春

　　早春的午后，站在西安市南部的秦岭山坡上，仰望。

　　天空，湛蓝湛蓝，蓝得让人惊诧。那一团团白白胖胖的云朵，迤迤逦逦，直达天际。像什么呢？仿佛羊群。如此海量的肉食，天下还有饥饿吗？又宛若棉花。这样丰足的布匹，人间还有寒冷吗？

　　再看周围的大山，高高低低，绵延千里，默默无言，形状各异，像将军出征，似美人侧卧，如矫兔腾跃，若雄狮怒吼。

　　秦岭，东西横亘五百公里，南北纵深三百千米。

　　这，委实是一座天造地设的神奇之山。

打开中国地图，你就会发现：秦岭，横卧于中华地理版图的腹心，北携陕甘，西握巴蜀，东挽华北，南揽荆楚。

春夏，东南海洋的湿润空气吹向内陆，被秦岭阻隔，导致了西北地区的少雨干旱；秋冬，西北和东北寒流行至秦岭，遭遇拦截，造就了南国的温暖湿润。于是，这里，便成为一道奇妙的风水线。

秦岭以南地区，1月平均气温高于零摄氏度，以北地区正好相反。秦岭，是中国冬季气温零摄氏度分界线。

秦岭以南地区，年降雨量超过800毫米，以北地区则明显不足。秦岭，又是中国800毫米降雨量分界线。

还有。秦岭以南地区植被四季常青，而以北地区以落叶林为主；秦岭以南地区以亚热带季风气候为主，以北地区则以温带季风和大陆性气候为主。

基于此，秦岭淮河一线，被称为中国地理最重要的南北分界线。山南是南方，山北是北方。

更卓绝的是，秦岭是中国中部唯一东西走向的巨型山脉，是中国最大的分水岭。北为黄河流域，南为长江流域。

秦岭，也是一道风物线。山南植稻，山北种麦；

南人喜甜，北人爱咸；南方细腻，北方豪壮。

秦岭，还是一道文明线。

少年时读李白名篇《蜀道难》，总有疑惑，以为是李氏夸张。殊不知，夹在秦岭中的蜀道，确实难如登天。深山密林之中，老虎如老鼠繁多，毒蛇似蚂蚁稠密。那里是文明的禁区，人类焉能进入。

文明，是一个披荆斩棘的漫长历程，是一场马不停蹄的勇往直前。太慢，不免步人后尘、贻误良机；太快，则又要屡屡试错、多交学费。

秦岭，更是一道历史线。

夏商周时期，中华文明兴盛于秦岭北部的黄河流域。秦汉时期，则扩展至秦岭南部的长江流域。其北关中平原，系秦之根脉，正是依靠八百里秦川的肥沃，创建了大秦帝国；其南汉中盆地，又是汉之发源，刘邦从那里出发，开辟了大汉王朝。

山南山北，一秦一汉，均是中华民族历史早期的最辉煌！

秦统一之前，秦岭原名"昆仑"，又因位于秦国之南，也称"南山"或"终南山"。

关于"秦岭"命名的滥觞，众说归于司马迁。

其实，谬矣。

查遍史圣著述，全无影迹。倒是与其齐名的班固的名篇《两都赋》，乃最早出典，其中有"睎秦岭，睋北阜"之语。

无论如何，秦岭之名与古代两位最著名史学家绾合在一起，也算门当户对。

江河，犹如大地的血脉。无可置疑，中华大地无数的"血脉"之中，长江和黄河是最重要的两条。而为这两条"血脉"提供最多血源的宝地，正是秦岭。

由此，秦岭，通常被称为华夏文明的龙脉。

细细想来，的确如此。

那深深浅浅的沟沟壑壑，便是龙的指纹和脚窝！

就这样，千百年来，秦岭宛若一尊永恒的神圣，端坐国之中央，刚柔相济，恩威并重，虎踞龙盘，制衡天下，统领着这片国土，护佑着这个民族。

如今，我站在秦岭深处，看天空，望群山。

天地无言，天地有道。

如此天道，便是科学，便是自然规律。

天道无言，却似钢铁。

天道有心，便是文明。

前些年，由于种种原因，秦岭生态出现一些倾斜，天然植被面积减少，水源涵养能力下降。近年来，经过综合且精准治理，生态系统全面恢复。天更蓝，山更绿，水更清。

秦岭，终于又回归了本初模样。

春天来了，山坡上漫溢着鲜嫩的新绿。这铺天盖地的青青叶芽，在阳光和暖风中翻动着，似浪花，若波纹，又像在悄悄地耳语着大自然的欣喜和秘密。整个秦岭，在呼吸，在吟唱，在眨眼，在微笑。于是，天地间充满了清新，充满了清香，充满了青春，充满了氧气。

我，似乎听到了氧离子们碰撞的声音。

春天的队伍，鲜衣彩妆，敲锣打鼓，铿铿锵锵，正在从秦岭的山坡上浩浩荡荡地走来。

美丽，已经出发。

凝望秦岭，山高水长。峰岭巍巍，碧野泱泱。天心护佑，国运隆昌。

（发表于《西安晚报》2023 年 3 月 18 日）

东湖三题

李/春/雷/散/文/精/选

2020 年大疫期间，我受中国作协委派，到武汉采访，借住洪山区东湖边水神客舍之 1301 房间，达三十余日。

采访写作之余，常常捂紧口罩，到湖边散步。面对汹汹疫氛，仰天俯地，感叹良多。

遂作散文三题，以兹铭记。

太阳的爪印

古人总把太阳比做鸟儿，晨起东隅，夕栖桑榆，黑黑白白，翩翩悠悠。

如果这样，那每天的阳光，洒落在我们身上，岂不是鸟儿的爪印？

的确，一年四季，我们坐在温柔的明亮中，光影飘飘忽忽、闪闪烁烁，真是像极了鸟爪爪，踩在皮肤上，麻麻酥酥、热热辣辣。

还有，我们走在树林中、花丛间，阳光透过疏疏密密的枝叶，栖息在地上，斑斑驳驳、隐隐约约，更像鸟儿的爪印了。

武汉大疫期间，我滞留在洪山区的水神客舍，常去后院的东湖边散步。

湖边有一个观水平台，水泥打底，约 40 平方米。由于人员隔绝，平台便成为寂寞台，便成为鸟儿们的乐园和舞台，时时在这里约会恋爱，你方唱罢我登场，享受自在春光。发现这个平台时，已是满地鸟粪。我无奈地长叹一声，不敢插足。这美丽的风景，这肮脏的平台，好可惜呢。

于是，再次散步的时候，便有意避开。

两天之后，一个傍晚，我无意间又走到了那里。奇怪的是，平台竟然干干净净。

会有谁打扫吗？

不像有人来过。

难道这寂寞台上，自有扫帚？

哦，这两天，雨雨晴晴，风风光光。那些鸟粪，被太阳晒干后，一场大雨，便化为齑粉，流入湖中。剩余的残迹，阳光为爪，爪下生风，风为扫帚，把这小小平台打扫得干净如初。

这世界，原本具有最强大的自净功能呢。过去读古书，常常疑惑，一场战争，血流成河，尸横遍野，何人收拾呢。其实，即使无人问津，几番春秋过后，荡然无存，郁郁葱葱。在鸟爪爪的指挥下，从狼狗鹰隼到虫蚁细菌，从电闪雷鸣到狂风暴雨，一起动手，扫除一切，把所有的死亡和腐败全部沉入水底、埋入地下、进入循环。

只是这平台上，鸟爪踩过，上面还是有了印痕，暗暗的、隐隐的，像少妇的雀斑，似中年的忧郁。

是的，这天地间，凡有生命者，都是一个生死更替、悲欣交集的过程，轮回往复，新陈代谢，青青黄黄，明明灭灭。只有太阳，是一只不死鸟儿，代表着宇宙，在过去和未来之间，在前世和今生之间，在时间和空间之间，永恒地飞翔。它的鸟爪爪，踩踏着一切，踩遍着古今，在所有的地方留下了绝对的印迹。踩在时间里，便是历史；踩在空间里，便是沧桑；踩到皮肤上，便是皱纹；踩在你的眼前，便是现实……

这神秘的、神圣的鸟爪印，每天都在默默地踩踏着，踩着你，也踩着我，与我们赛跑。

我们，怎么能赛过它呢。

但是，我们也不能懈怠啊。

且奋飞我们的脚丫丫！

（2020年3月14日作于武汉市洪山区水神客舍1301室）

地球是一条鱼

傍晚，在东湖边散步。

仰望天空，是一片浩瀚无际的鱼鳞云，灰灰白白。整个天空，宛若一条大鲤鱼的腹部。

忽然想，我和我们，是在鱼腹之外呢，还是在鱼腹之内？

仔细想去，应该是在鱼腹之内。整个厚厚的云层，包围着地球，当然也包围着我们。云层，显然就是鱼的皮肤了，而那些波浪状或圆环状的云块，就是鱼的鳞片了。

是的，整个地球，就像一条鱼，游动在无垠的银河系中，而其他大大小小的行星和卫星们，就是一尾尾小鱼和一只只虾米了。

古人经常把图腾幻想成鲲或龙。鲲不就是大鱼吗，龙不就是虾米吗。这些意象，或许就是古人仰望天空的灵感吧。庄子曰："北冥有鱼，其名为鲲。鲲之大，不知其几千里也。"

的确，我们都是鱼腹中的一分子。大陆板块，是它的五脏六腑；海洋江河，是它的神经血脉；山川大地，是它的骨骼肌肉；花草树木，是它的汗毛头发，而我们动物们呢，便是它的细胞了。

人类啊，不要自大，你只是沧海一粟、森林一叶。但又不能过于自卑，因为宇宙太奥妙，大小均无限。滴水虽小，却又藏海。比如，你的身上，也暗藏着亿万个小宇宙呢。

据科学测算，人体约有细胞50万亿枚，同时又拥有十倍于细胞数量的细菌，而每一个细胞和细菌，都是一粒生命呢。我们每个人，不是单纯的一条生命，而是600万亿微生命的综合体。

若从一粒细菌的立场看，你，也是一条巨大的鱼。

亿万个我们，携带着各自的亿万宇宙，随着地球这条大鱼，在永恒和须臾间游动着、游动着……

而站在东湖边的我，惟愿做这条大鱼身上的一片微鳞，在时光的隧道里闪烁出一丝萤光。

（2020年3月15日作于武汉市水神客舍1301室）

小鸟上班去了

天刚蒙蒙亮，窗外即传来一阵阵小鸟的啾啾鸣啭，细细碎碎、清清脆脆，兴奋而热烈，像早操的小学生。侧耳倾听，还有布谷声声，悠扬且欢快。

是啊，后面是东湖，树木繁茂。

早餐后，我回到房间，坐定窗下，拿出笔记本，想象着在鸟鸣声中开始工作。可是，居然满窗清静，一无所有。

哦，它们上班去了。

我的窗外，也许是它们的宿舍、别墅，而它们上班的工作单位，便是远处的树林、楼顶、湖边、草坪……那里，有它们的食物、水源，有它们的同伴，或爱情；那里，是它们的操场，或剧场。在那里，它们可能遇到一位鸟爷爷或鸟奶奶，讲述一段祖先的故事。抑或，遇到一位鸟妹妹或鸟弟弟，重温一场童年的游戏。傍晚，下班了，吃饱喝足了，便回到这里夜宿，做花花绿绿的梦。

小鸟在树枝上睡觉，不担心失足跌落吗？

其实，小鸟与人类的腿部用力方向正好相反。我们的四肢用力需由意识派遣，一旦睡眠，便会放松。而小鸟呢，睡眠越深，双足的抓握力越绷紧，与树枝焊为一体。这是物种亿万年进化的结果。不仅鸟类，任何动物都有自己的特异功能。不是吗，想想看。

我突然想，人类生瘟，担心传染，不敢出门，鸟类有疫吗？

有疫无疫，一眼便知。

它们不戴口罩，不加隔离，飞来飞去，无忧无虑。

相比较人类，它们更接地气，更与食物链的各个环节无缝衔接，百毒不侵，金刚不坏。

整个生物界，整个大自然，依然是生机勃勃、春意盎然的原始模样呢。

天地无病，正常运行，只是人间小恙，需要调整。诊治和调整之后，便是百花齐放的春天。

江山永固，日月长恒；河清海晏，时和岁丰。

写到这里，我似乎又听到了小鸟的鸣啭，布谷的呼唤。

什么时候，我们能够像小鸟一样，轻轻松松地去上班？

（2020 年 3 月 2 日作于武汉市洪山区水神客舍 1301 室，发表于《文学报》2020 年 3 月 18 日）

水神三题

2020 年大疫期间，我受中国作协委派，到武汉采访，借住洪山区东湖边水神客舍之 1301 房间，达 35 日。采访之余，端坐屋内，看着窗外，看着满城蓬勃，一任感叹吞吐。遂作散文三题。

一窗鸟鸣

窗后，是一处幽静角落。

几棵云杉，和一片屋顶，显然是小鸟们住宿的家园或约会的场所。每天早上和黄昏，都会有一阵阵稠稠密密的鸟声鸟语。

今天早晨，曦光渐亮。起床后，我悄悄地走近窗台，隔着玻璃，偷窥。

树枝上，几只喜鹊模样的鸟儿，正在"叽叽喳喳"地聊天、"啁啁啾啾"地私语。不知说些什么，但见手舞足蹈状，摇头晃脑、旁若无鸟，全是一副得意忘形的幸福模样。

细看，一粒粒晶晶莹莹的小眼睛，贼亮亮，像钻石；一袭袭圆圆滚滚的大肚腩，肥胖胖，似贪官。说话的时候，灰灰白白的胸部，肌肉颤颤悠悠，似日本相扑士，又如唐朝杨玉环，更像当今时髦女士们的丰乳翘臀。

它们，不用上班，却可以丰衣足食。

它们，不劳而获，却可以温饱无虞。

可想一想，天下万物，除了人类，不都是如此吗。谁在创造财富呢，谁在劳动奉献呢，全都是白吃白喝白享受。

再深思，需要它们劳动创造吗？

太阳、地球、月亮在上，山川、大地、江河在下。大自然给予氧气，给予温暖，给予潮汐，给予四季，给予植物、给予果实。这一切，便是一切生命所依赖的生存家园和饮食父母。

植物界位于生物部落的底端，供养着整个动物界。动物界，在食物链上又分为上中下游。

所有的动物和植物啊，都是天之骄子。

它们，安然地、坚定地生活在各自的位置上，自然地听从天命，快快乐乐，生生灭灭。

这，就是它们的生活，它们的使命，也是它们的宿命。

我这样想着，不禁昂首挺胸，为置身人类之一分子而自豪。

是的，唯有人类，可以制造食物，面条、面包、美食、美酒等等；唯有人类，可以创造发明，汽车、电脑、飞机、高铁等等。唯有人类，可以……想入非非之余，便有些得意忘形、摩拳擦掌，竟然不自觉地碰撞了一下窗户。

它们大惊失色、魂飞魄散。我的妈呀，走光了！泄密了！于是便"扑棱棱"飞去，落在了对面楼房的窗前。

我忽然想，大自然慧心神圣而无所不能、有条不紊，对万物进化有着严格分工和根本界定。

比如，人类有一个成语：如虎添翼。这是某些强悍者和野心家的最高理想。但如果真正实现，那将如何？老虎已是兽中王，原本无法无天、霸凌山林，若是再长出翅膀，能够像鸟儿一样飞翔，那么将天地通吃。所以，为了制衡万物，上天也不会让虎类独美。

反之，比如鸟儿，已经占领天空，如果再兼有老虎的凶猛，同样是世界灾难。所以，上天不仅不会赋予其虎的强悍，也不会赠送其狗的智商。

是的，倘若鸟儿具有狗的智商，那么天下的平衡也会被彻底打破。试想，它肯定会被人类利用，借用其灵巧的身体，去窥窃别人隐私，去投毒，去暗杀，去偷盗等等，制造种种混乱，颠覆人类秩序。

而人类，纵然是万物灵长，上天也不会让你拥有小鸟的翅膀。否则，哪里安置鸟儿的家乡？

人类，只是大自然的一部分。所有的制造与创造，所有的文化和文明，顺应自然，美酒便是美酒，背离自然，美酒便是毒鸩。

从这个意义上说，人类与自然界的一切动物和生物，都是朋友，都是邻居。我们快乐，也要欣赏它们快乐。既使是异己者和敌对者，也要尊重人家的选择、人家的快乐。这便是世界的和平与平衡，不同与大同。

若非，如果我们刻意地去打破，那么，最终的打破，往往会是我们自身。

相互尊重，和谐友好。各自快乐，请勿打扰。

想到这里，再看对面的鸟儿，早已远走高飞了。

或许，此时的它们，就停栖在你的窗前。

（2020年3月18日作于武汉市洪山区水神客舍1301房间）

一桔之城

武汉朋友冒险前来慰问，送来一箱桔子，黄澄澄，煞是可爱。

这些黄澄澄，应该是当地的优良品种，味道格外鲜美。我贪婪地品尝着，又感觉有些可惜，便将剩余的三枚放置窗台，像一件件养心又养眼的工艺品。

就这样看着，既是风景，又是友谊。

可是几天后，我发现其中一枚颜色变暗。用手触摸，已经霉烂发软，只得扔掉。另外两枚，依然饱满光亮。

怎么回事呢？

本是姐妹伯仲，缘何差别恁大。

我拿着另外两枚，反反复复地察看，复复反反地抚摸。剥开来，慰劳口舌，仍是味道如初。

看着地上的桔皮，我想，问题肯定就在这里。

万物进化的规律，都是以自我生存和发展为中心，在自我保护上竭尽全力，无所不用其极。人类的皮肤，动物的皮毛，皆如此。所谓物竞天择、适者生存，便为此理。

植物也是这样。因为果实是生存和延续的根本，是物种进化的第一要素，所以，在外围的构造上会格外用力用心，激活基因、优化组合，构建最坚韧的围城，以保证最大化的严密和持久。每一枚自然发育成熟的果实，皆如此。

那么，这一枚溃烂的倒霉蛋，又是怎么回事呢？

在排除其先天缺陷之后，唯一原因，应该就是在摘果、运输或包装过程中，曾经磕碰，造成皮外伤，形成溃疡，进而腐烂变质。

堡垒防守，大都是从内部沦陷，而一枚果子的腐败，却大都是从外部突破，就像新冠病毒对人类的攻击。

若非，它可以保鲜更长时间。

但是，即使再长时间的保鲜，其最终归宿也是人之口腹。

这就是果实的宿命。因为，它们只是庞大的生物链条上的一环。

其实，我们人类何尝不是如此呢。

野蛮时期，人类在自然界生物链中并非处于顶端，而是虎狮豹狼等食肉动物的点心，只是后来进化，变成了万物之灵长。但人类一定要明白，虽然不再被猛兽餐食，但你绝非生物链的顶端。需知万物循环闭合，一切都是这个链条的一环。而且，人体内随时生存着上万亿个细菌，每时每刻都在试图吞食你、消灭你，还有来自未知世界的类似新冠病毒之类的凶残敌人，更是防不胜防。再说，人生百年，终归长眠。长眠之地，便是自然。

生于自然，归于自然，永远不能凌驾自然。

感恩自然，敬畏自然，恒定只能呵护自然。

人类，只是大自然之树上的一枚桔子。

（2020年3月16日作于武汉市洪山区水神客舍1301房间）

一掌阳光

盼望着、盼望着，直到上午11时12分，阳光才透过窗户的窄窄缝隙，光临我的头顶。

我所说的光临，是阳光的裸照。

　　长期以来，作为职业写作者，我久居室内，缺少日晒，总需补钙。而医生建议说，最好的补钙剂，就是阳光、就是日晒，但需直射，不必透过玻璃。于是，在家里，我时时开窗。尤其冬天，一任阳光披头盖脸地照射，总有一种羽化升仙的感觉。出差在外，更是习惯如此，与阳光拥抱。前几天，住进这家客舍之后，我惊奇地发现，窗户不能敞开，只能推开不足一尺的空间。用手比划一下，刚好是一只手掌的宽度。再推，早已焊定。

　　为什么这样呢？

　　哦，我忽然明白了。

　　现代社会，竞争激烈，压力巨大，理智崩溃，加上国家大力反腐，跳楼自杀者屡屡。如果此事发生在宾馆呢，责任重大。所以，不知从何时，各家宾馆就在安全上做起了文章，就像我居住的这家小小客舍一样，把窗户的开放度压缩到最小。

　　说最小，是指能够限制身体出入的宽度。今天早上，等待阳光的时候，我比划了一下，头颅和躯体，均不能挤出。给你阳光，给你爽风，就是不给你机会。

　　这样，隐患就堵住了，管理就省心了，居者就安全了。

真是一大发明！

可又一想，这项发明，却是对过去的否定。中国传统窗户的主角是窗棂，一条条、一格格，呈井字状，糊上窗纸，不通空气，不透阳光。现代建筑业兴起，才有了大窗。大窗好啊，可以敞开，可以直接地引进阳光、交换空气、增加光明。但现在呢，是进步还是倒退？

说不清楚。

哦，这一切，是社会进步中的踟蹰与叹息。

只是，我要补钙，我要拥抱太阳。

于是，我就端坐在这一掌阳光的窗下，随着阳光的游移，不停地转换位置，逐阳光而坐。

这春天的阳光，明亮如雪，温柔如纱，笼罩在身上，鲜鲜的、颤颤的，飘飘渺渺、窸窸窣窣，有一种无言的妙香。闭上眼睛，仿佛是暮春里漫天柳絮的纷纷栖落，又像是童年里母亲双手的轻轻抚摸。于是，这宇宙间最神通、最神秘的圣光，照耀着、注目着、抚摸着我的皮肤、我的生命，默默地化合出亿万粒钙原子，融入血液、注入骨骼，让我的身体继续强壮起来，让我的精神更加自信起来。

这一掌阳光的时段，只有短短三四个小时，从上午11时，到下午3时左右。真是一寸光阴一寸钙啊。

于是，我泡上一杯绿茶，看着滚滚而来的春天，看着满城蓬勃的人生，拿起笔来，蘸着这富钙的阳光，写出如上文字，呈献给您。

此刻，也许，您也坐在一掌阳光中吧。

且忍耐，且等待。

好日子，正到来！

（2020年3月6日作于武汉市洪山区水神客舍1301房间，发表于《邯郸晚报》2020年5月30日）

通天三题

2022 年春，疫氛不息。

闭门在家，身心局促，仰天俯地，东思西想。遂将所见所感、所思所悟，涂鸦成文。

因书房名为"通天阁"，故将本组文字标作"通天三题"。

蜘蛛叹

疫氛起伏，各自禁闭。处处核酸，路断人稀。

昨天下楼散步，忽然发现前天刚刚停泊的两辆汽车之间，竟然架起了一张蜘蛛网，在寂寞的春风中荡悠悠。

哦，这细密且精致的网，从汽车之间各拉两条经线，定下四角，又在中心设置一个营盘，而后呈螺旋状向四周放射，越边远，越稀疏。丝网透明，细微若无，拦截着原本视力微弱的小飞虫们。一枚螃蟹模样的蜘蛛，端坐营盘，虎视眈眈，守株待兔，以落网者为餐，美滋滋地享受着自己的小生活。

我不禁惊诧，仅仅两天时间，怎能织出如此巨网？

况且，两部汽车间隔超过一米，第一根丝线如何牵搭？

百思不得其解。

莫非是蜘蛛携带丝线，从一辆车跳到另一辆车上？不可能！难道是口吐丝线，以风为媒，随遇而安？也不可能！

万能的人类，请你想一想，如果在两个完全断绝的山崖之间搭建一座桥梁，怎么办？

这真是一个先有鸡还是先有蛋的世界难题。几百年来，小孩子都疑问，科学家皆无语。

宇宙之谜，太多了。

大自然数十亿年进化，由简单到复杂，其中必有密码，只是人类不知。而人类最初的智慧，也全由大自然启发而来。比如网，肯定是看到蛛网之后，才想到结网捕鱼、捕鸟、捕兔、捕人。

第二天，我再去看望蛛网，却发现了新情况。

由于是春天，柳絮飘飞，挂在网上，把蛛网撕裂出一个个漏洞，破破烂烂。蜘蛛缩手缩脚地趴在上面，呆呆无语，忧心忡忡，却又徒叹奈何。

我忽然明白，蜘蛛蒙受天灾，犹如人间遭遇"新冠"！

其必咒曰：柳絮这厮，人类之浪漫，我辈之灾难，毁我家园、砸我饭碗，可恨该死！

回到书房，我上网搜查，蜘蛛善织网、常迁徒。这张网破了，还可以异地织网、再筑新巢。世上总有飞虫，永远饿不死蜘蛛。所以，蛛类最终是安全的、快乐的，虽然它的寿命只有一两年时间，虽然它的世界里总有柳絮和风暴。

其实，宇宙之间，更遍布着一张无所不在的天网，在无声无息地却是残酷无情地捕捉着那些懒惰的、弱智的甚或桀骜不驯的飞虫。

但愿人类，不是这只飞虫。

原本，人类就像蜘蛛，既生存在自己的小网里，又寄存在自然界的大网中。大网与小网，都是生态，都是规矩，都有轨道，都有戒律，都不可逾越和打破。一旦打破，却又没有全新的、安全的建立，便是毁灭。

人类，请织好自己的保护网！

鸭子梦

近日看到一个资料，论证鸭子是恐龙进化而来。

细思极恐：我们吃鸭肉，不是在吃恐龙吗？

昨天在湖边散步，发现水上有几只鸭子戏嬉，便禁不住多看几眼。那几只鸭子却浑然无视，仍在肆无忌惮地互相"嘎嘎"着，仿佛人类酒席上的高谈阔论。

这些"嘎嘎"声，触发不少遐想。

听起来，这些鸭语音节单调、蕴含无多。其中有什么内容吗？

当然！

只是，或许内含简单一些。

但，那便是它们的生命节奏、生命密码、生命快乐和生命本能。它们乐在其中，乐此一生。

这些单调和本能的鸭语，大抵还滞留在人类的前身——猿类的早期水平。

推其内容，定然是最根本的生命关怀，那就是吃食与安全。

第一种意思或许是："快来吧，这里有吃的！"

于是，众鸭争先恐后地跑过去。吃饱之后，对呼唤者投以赞许目光和"嘎嘎"道谢。从此，呼唤者更积极了，再有好消息便热情招呼。

第二种意思应该是："快跑吧，坏蛋来了！"

于是，大家一起逃跑，躲避天敌。

久而久之，鸭子世界便约定俗成了这两种相对固定的语言信息。

现阶段，鸭语大约还停留在这个层次，但谁又能说得准呢。

或许它们已经进步，只是我们听不出来。

进步，是肯定的。

只是，它们会向何处进化呢。

当一只鸭子饱食无虞后，对同伴关于吃饭的呼唤就要怠慢，充耳不闻。这时候，呼叫方就会改进方式，不再说"这里有吃的"，而要说"这里有好吃的"。这时，被叫方会眼睛一亮，屁颠屁颠地跑过去。

当母鸭求偶时，特别是母鸭年老色衰、缺乏魅力时，眼神自然十分妩媚，语气应该格外热情。同理，当公鸭遇到年轻、漂亮、性感且高傲的母鸭时，态度会倍加殷勤，语言会刻意温柔。此时，抒情的基因诞生了，这就是诗歌的前奏。

如果母鸭对一只青涩或莽撞的公鸭不感兴趣，那么在面对性骚扰时，就要果断说不，就要瞪眼，就要警告。这时的声调，就会变得严厉而愤懑。此刻，另一种语意分蘖了。

总之，鸭语鸭言，本色而简单，简单又复杂，而且在逐渐繁复和丰富起来。

如果没有人类干预，几万年或几十万、几百万年之后，鸭子也许会变成类人类，或超人类，会有自己的文学、自己的科学、自己的微信、自己的警察、自己的农业、自己的工业、自己的政治、自己的梦想、自己的核心价值观。

不要歧视鸭子。

每一种生命都是灵物，都要尊重呢。

蚂蚁卜

我家楼顶空旷，便运土成田，种了三畦蔬菜。

今天，写作之暇，翻土播种，却发现一窝蚂蚁，密密麻麻，足有千万。

静静观察，它们不紧不慢，悠哉悠哉。在开会？在聚餐？在干活？不可知。虽然没有语言，却有分工，却有默契，却有计划，却有纪律，却有定力，更有快乐吧。

快乐吗？当然。

天地之大，蚂蚁之微。既然是生命，既然可以如此顽强地繁殖绵延，定然有其生命的快乐密码，若非，早已物种灭绝。

如此微小的快乐，却是它们生命中天大的洪荒之力。于是，地球上的蚁类，虽是人类数量的亿亿倍，却组成着一个生机勃勃却又秩序井然的和平世界。

忽然想，人类的前身猿类，不也曾如此吗？

彼时，是几百万年的沉默。对于生命，对于明天，对于战争，对于生态，对于政治，对于爱情，对于文学，一切懵懂无知，只是为了生存而生存，为了快乐而生存。在本能欢乐的同时，又在本能地开发着自身本能。于是，拿起了石头，磨起了石头，磨出了火花，引爆了火种，引燃了文明。

人类的进化旅程，有亿亿个链条绾接。链条的每一环，都是一串密码、一条路径、一孔洞天。所有的洞天连通起来、通融起来，便是今日之文明。

而今天的蚁类，仍是在自己原始的轨道上顽强地生存着、沉默着、快乐着、前进着。即使人类以五千年的文明智慧去教育、去宣传、去引导、去干预，也无可奈何。这，就是物种的宿命。

所以，我家楼顶上的蚂蚁们，和地球上所有的蚂蚁一样，暂时只能这样默默地生存，默默地快乐，默默地等待。

且等几百万年，且等未来辉煌。

未来，谁可卜？

问宇宙。

苍冥无语。

虽无语，却有意，那就是：地球，只是宇宙中的一只蚂蚁，而人类，只是这只蚂蚁身上的微生物。

作为微生物的人类与蚁类，都是大自然的臣民，都有着恒定的轨道和遵守。

最大的遵守便是：两相望，两无猜；两相邻，两无伤。

种菜完毕，回到书房，且读天地，且悟真义。

（发表于《天山时报》2022 年 5 月 19 日）

遗忘的高考

1985年7月上旬，我在母校成安一中参加高考。

怪诞的是，对于这次人生中最重要考试的过程和场景，比如哪个考场、考场布局、邻座是谁、考试中的故事，以及有哪些考题等等细节，在我的印象里，竟然全部是黑屏，没有一丝记挂。

30多年来，我一直纳闷，为什么这样呢？

后来，终于明白。因为对我来说，高考是生命里一场最火热、最惨烈的煎熬，最期待而又最惧怕，最残酷而又最不可回避。面对如此最关键、最危险、最痛苦、最抉择的时刻，人类的本能，总是断片似的选择性失忆。

我只记得，高考前，学校封闭了，同学们全部撤离，回家居住。而我的家，距离学校，至少 15 里。

怎么去呢？

只有一辆黑色、破旧的加重自行车。

每天早上赶考，晚上回家。中午呢，就蹲在校外路边的饭摊前，啃一个馒头，喝一碗米粥。

路程那么远，路况也坎坷，自行车更破旧。如果车胎爆破，如果老天下雨，如果出了别的事故，怎么办？

对于这一切，我根本没有想过，更没有预案。

还有父母，对我也没有关心。高考了，煮一个鸡蛋，炒一盘肉菜，改善一下生活，都没有。甚至呢，没有一句嘱咐话。至于祝福话，更没有了。那些天，他们照常下地干活。我的早晚饮食呢，仍旧是平时的馒头咸菜。

究其实，是家人和我，对大学根本不敢奢望。似乎高考之后便是落榜，落榜之后便是回家，回家之后便是种田。这些，仿佛就是多年的预料和先天的宿命。

的确，那些年，高考录取率实在太低了。农家穷孩子，幸运者凤毛麟角。而我，似乎天生与幸运无缘。

但是，要说印象深刻的情景，只在高考前后。

考前三年，是我生命中最沉重的日子。

初中时，由于严重偏科，我的英语、数学、物理、化学课几乎是零基础。中考时，所有课目相加，只有155.5分，其中英语7.5分、数学15分，全是拜选择题所赐。这个奇葩成绩，几乎是当年高中录取分数线的一半。如果不是恩师袁克礼的全力推荐和刚刚上任的郭宝源校长的格外开恩，我哪能就读高中呢。

不瞒说，我是那一届分数最低的学生。

正是带着这种极度的自卑，高中三年，我始终在拼命地挣扎和追赶。

为了安慰自己，我继续爱好文学，似乎这是为将来预留的后路。

极度压力下，我在学习上终于找到了感觉。特别是英语，从最基础的26个字母开始，用最短时间，恶补初中课程。对于每一篇课文和习题，全部默写多遍，进而倒背如流。每天凌晨，背靠一棵大树，高声朗读，直至阳光明亮，而后走进教室，再与大家一起晨读；中午，我从来没有午休；晚上，学校熄灯后，点亮一根蜡烛，孤灯奋战，直达夜半。

那些日子，枯瘦如柴的我，眼睛红红，头脑昏昏，总感觉天空中有一群黑色的乌鸦，在盘旋，在聒噪。

高二时，我的英语成绩已经在班里名列前茅。可面对数学，我始终痛苦，像喝中药，又不得不硬着头皮咽下去。就这样喝着咽着，也略有长进，摇摇晃晃地追到了中游水平。

但对于高考，我始终没有建立起信心。

那几年，我们县高考成绩位居全地区末位，每年文科生只能考上零星几个。那些幸运儿，都是成绩优秀者。而我，那么吃力，那么苦恼，却又总是不通透，心头弥漫着一层厚厚的迷雾。成绩呢，虽然竭力地爬到了前十名的门槛，却又前行不得，像蜗牛，又似蝉蛹，土头土脑，慢慢腾腾，无能为力。

极端挣扎，造就了极端压力。所以，对于高考，我本能地产生了一种极端抵触。既然命中注定有此一关一难一劫，而又不得不面对，那就早早地过去吧，快快地结束吧。

再说高考后。

仅仅半个月，分数公布了。我的成绩，竟然意外地爬进了全县前十名，大约是第七名。

祖宗保佑！

很快，录取分数线也公布了。瞬间，我又被打回冰窟：距离本科线太远，即使是专科线，也相差十分。

我，果然落榜了！

心底的痛楚，如刺似割，淋淋滴血。

那些天，正值七月下旬，太阳火辣辣。我拼命地在大田里干农活，直晒得黑黝黝，浑身爆皮。这，似乎是对自己的惩罚，又是对未来生活的预热。父母不说话，没有安慰，也没有埋怨，俨然早就接受了这个结果。

但几天后，我的内心又有所不甘，开始偷偷地盘算着要不要复读。

恰在这时，天降喜讯，专科录取线下调了！而我的分数，不多不少，刚刚踩线。

我的眼前，刹时又升腾起满天礼花。

那一年，全县文科生，只录取了四名专科，没有一名本科。应届和往届，各占其二。我，作为应届生的一员，侥幸金榜题名。

感恩上苍！

说出来，真是无语，这是我县文科高考历史上最灰暗的一年。不幸的我，正好迎头赶上。当然，仅仅在一年之后，我的母校就实现了逆转。

就这样，我绝处逢生，在人生最重要的路口，跌跌撞撞地踩进了幸运的脚窝。

（2023年6月6日作于广东省云浮市迎宾馆8208房间，次日发表于《燕赵都市报》）

读山河

六月下旬，夏至时节。我从成都双流机场登机，返回石家庄。

飞机爬升至 7000 米高空之后，进入预定航道，平稳前行。窗外世界，湛蓝如海，无声无息，寂寞安谧，宛若混沌初开。

我贴近舷窗，纵目鸟瞰。

一团团蘑菇状的云朵，摩肩接踵、连绵起伏，白胖胖、肥嘟嘟、圆滚滚，似雪原、像羊群、若梦乡，更宛如幻境。这些大地的使者啊，来自于江河湖泊的热烈蒸腾，来自每一寸土地、每一片树叶、每一条小溪的生命律动，来自每一个人、每一头牛、每一只猫的呼吸和叹息……

忽而，飞机进入另一片空域。云海消失，乾坤朗朗。

这里，是秦岭家族了。

隐隐约约的山群，青翠圆润，仿佛水粉或版画，模糊、遥远、深邃。放眼看去，山的形与势，明晰而显豁。万千峰壑，如风吹波浪，自然成纹；又似树叶脉络，天然成态。至高至尊的大自然啊，神秘又简约，杂然却有序，如掌纹，似兄妹，真是一个血缘、一个家族、一个祖宗呢。

俗语说：人头有血，山头有水。水呢，从山体的皱褶里悄然渗透，汇聚成小溪。小溪们相互沟连、融通，最终集合为小河。小河们丝丝缕缕，呈蔚蓝色，闪闪烁烁，如碧玉、似琥珀、若项链。它们虽然散碎，却向往一个核心、形成一个体系、汇入一条大川——汉江。而汉江，则是长江的最大支流。几千年来，汉字、汉朝、汉族、汉文化，默默而大，浩浩荡荡，中华文明。

少顷，视野里呈现出另一种底色——明黄。

哦，黄土高原。

明黄，与绿、紫、红、灰、白等色彩交接在一起，浓浓淡淡、斑斑驳驳，似鱼鳞参差，如虎皮斑斓。一条弯弯曲曲的黄色河流，蜷卧其间。

黄土高原从何而来？"风成说"渐成共识：黄土来自西北方向蒙古高原以及中亚等干旱沙漠区。亿万年来，冬春季节，这些地区西北风盛行、狂飙骤起。粗大的石块，留守原地，成为"戈壁"；细微的沙粒，飘落附近，聚成沙漠；而微弱的粉沙和黏土，纷纷向东南飞扬，遭遇秦岭和太行山地的阻拦，栖息下来，积累成一片62万平方公里的深厚黄土。

千里大川，缓缓流过。嫁与高原，是为黄河。

生命和生物开始繁衍，文化和文明渐渐发酵。于是，寄生在这片土地上的人群，便与这片土地染成一色、融为一体，成为一个民族最鲜明的胎记和宿命。

黄土高原，中华民族原始的胎盘！

山、山、山，又是一片连绵的山域，只是山体的姿态与色调，迥异于秦岭。

这是进入太行山区了吗？

太行山，自古号称"中华之脊"，其奇崛，其刚毅，其粗犷，如壮士悲歌，若纤夫怒吼，似猛将练兵。其山色，黛绿黧黑、沉默凝重，像严师的注目，似祖父的沧桑，若陈年的老宅。而那些黑黑瘦瘦、精精干干的山峰们，又像一群牛、一群马，或一群剽悍的猎人或战士，自觉地前往同一个方向、执行同一道密令。更像一个统帅部署的阵营，虽然星罗棋布、四面八方，却是草蛇灰线、浑然一体。

哦，山川与河道，是亿万年风吹水流的自然选择，是时间老人的会心雕塑。大自然，也有山大王、水大王，也有层级，也有秩序，也有各级领导呢。

忽然，视野之内，一片平畴。

华北平原，这黄土高原和黄河的儿子，这蒙古高原和青藏高原的孙子，拥有着祖辈赋予的丰厚营养和优良基因。正是这个巨硕的温床，孕育了文明的进化、国家的诞生。它更是一个阔大的舞台，若干的朝代、若干的英雄、若干的苦难与辉煌，纷纷登场，演绎了唏唏嘘嘘、浩浩繁繁、起起伏伏、明明昧昧的历史。

初夏时节，万物葱郁。青蒙蒙的大地上，是一簇簇蜂巢状的村镇。村镇们有的如棋盘，整整齐齐、方方正正；有的似乱石，散散碎碎、扁扁圆圆。而村镇中的街道和楼房，更是毛毛茸茸、参参差差。村镇之间的公路，又仿佛一条条白花花的细线。细线之上，有虚虚实实的物象，影影绰绰地晃动。

不知不觉中，飞机已经跨越秦岭、黄土高原、黄河、太行山和华北平原。

这些版块，恰好组成了中国地理的腹地，也构筑着中国文化的核心。

不是吗，秦岭，正是中国南北方的分界线；太行山，不仅是黄土高原和华北平原的分水岭，还是中国传统文化中"山"的代名词；而黄河呢，既是中国文化传统中"河"的代表者，更是中华民族的母亲河。

大山大河大平原，在阳光中坦坦荡荡、静默无语。仿佛一坛上等的美酒，在静默中酝酿、飘香。又宛若一枚青春的苹果，在岁月中成长、成熟。

是的，如果说宇宙是一棵苹果树，那么地球就是一根枝条，而地球上的每一个国家和民族呢，就是这根枝条上的一枚枚大大小小的青苹果。

我静静地端坐高空，端详着我们的家园，我们的青苹果：青青黄黄、圆圆润润、山水祥和、四方安泰。情动于中，不禁欣然祈愿：中华无恙，民族恒昌！

飞机下降了，归依大地。

地面的一切，悉数变得生动起来。

公路上遍布汽车，红色的、白色的、黑色的。田野里，点缀着稀稀疏疏的风车。风车的扇叶，悠悠转动，像挥舞着一条柔柔的纱。那深深浅浅的投影，在地面上跳跃。

每一个小村、每一座楼房、每一扇小窗，都清晰了。是的，每一个小村里，都有历史、政治、经济、文化和信心；每一扇小窗后，都有父母、亲情、美酒、笑声和梦想……

"咚"地一声，飞机着陆。

成都到石家庄，1500多公里，飞行只需两个半小时。

我的身心，又回归了现实。

现实中的一切，又密密麻麻地涌上心头。

我不得不收拾沉重的行李，无奈却坚定地走出去、走进去……

（发表于《光明日报》2021年7月1日）

碣石思远

昌黎县境，燕山掌中。水若淑女，山似枭雄。

县城之北十五里，一峰突出，顶部呈圆柱形，直插云霄，古来即名"碣石"。

碣石山之巅仙台顶，海拔虽然只有 695 米，却是渤海湾地区最高峰。山体多为花岗岩，或扁扁圆圆，像鹅蛋鸡卵、龟甲鱼鳞，累累衔接，麻密如蜂巢，展露出造物主丰盈且优美的结构意识；或重重叠叠，似煎饼麻花、牛柳羊排，层层挤压，精致若汉堡，彰显着大自然本能而慈祥的母性情怀。

登临山顶，俯瞰大地，苍苍茫茫，积木虫蚁。浩瀚无言，静卧脚底，日月星辰，周而复始。

碣石山，确为古代登高观海、祭神求仙之圣地。

两千多年来，碣石山曾先后有九位帝王登临。

缘何如此青睐？或与此山缭绕的神秘文化有关。

《资治通鉴》载，战国后期，燕人纷纷传言"仙人居碣石山""称有仙道""齐威王、宣王，燕昭王皆信其言"。

秦始皇，是最早光临的帝王。公元前219年，他派徐福率领数千童男童女在此附近入海求仙。四年后，即公元前215年，他又亲莅，祈求长生不老，江山万代，令人刻下《碣石门辞》，歌功颂德。公元前209年，秦二世出巡至此，在其父所刻石碑旁，篆书79字铭文，再次勒石记功。

公元前110年，汉武帝"行自泰山，复东巡海上，至碣石"，并在山顶修筑亭台，祈仙求神。因此，仙台顶又名"汉武台"。

公元238年，晋宣帝司马懿讨伐公孙渊，特意登临，追思秦皇伟业。

随后，北魏文成帝、北齐文宣帝、隋炀帝纷至沓来，亦步亦趋。前者还大宴群臣百官于山下，将碣石山改名"乐游山"。

公元645年春，唐太宗李世民亲征高丽，途经碣石，留下《春日望海》一诗："洪涛经变野，翠岛屡成桑。之罘思汉帝，碣石想秦皇。"

唐代，民间出现八仙传说。于是，碣石山又演变为神仙聚会之所，留下众多相关遗迹。"仙台顶"即得名于斯。

不难看出，上述来客，几乎囊括了中国古代最著名的帝王、最浪漫的神仙。

但是，为碣石山带来最多美誉者，当数魏武帝曹操。

公元 207 年秋，曹操北征乌桓凯旋，由辽西走廊折返，途经碣石，登高望远，情动海天，即兴而作《碣石篇》："东临碣石，以观沧海。水何澹澹，山岛竦峙。树木丛生，百草丰茂。秋风萧瑟，洪波涌起。日月之行，若出其中；星汉灿烂，若出其里。幸甚至哉，歌以咏志。"

一次登临，几多感慨，更使碣石山名闻天下！

碣石山之神秘，还在于其奇特造型。在主峰东西两侧，竟然各自簇聚着五座山峰，名曰东五峰山、西五峰山，仿佛前后五位仙人环立侍卫，更如左右两只佛掌伸手呵护。山壁陡峭，悬直如高墙，平展展、白花花，如扇面，似屏风，又像宣纸，可以铭誓言、立功德、涂梦想。

当然，更可以写诗篇。

只是，曹操当年的创作，是面朝大海，因此才有"水何澹澹，山岛竦峙"之佳句。可以想见，彼时海面，就在山前不远。可是现在，碣石山距离大海已逾十五公里。是陆地抬升了，还是大海撤退了？总之，眼下的山海之间，早已是一片浩浩荡荡、甜甜蜜蜜的葡萄园。

闻名世界的昌黎系列红葡萄酒，即产于此间。

山海不老，日月常新。与曹操一样被碣石山所铭记者，还有韩愈。

在西五峰山的山腰南侧，有一座韩文公祠。史载，韩氏祖籍河北昌黎，去世后被追封昌黎伯，因此又称韩昌黎。该祠系明崇祯十四年（1641年）山海关督师范志完所建。范氏还在附近高处峭壁，刻下"泰山北斗""五峰环翠"八个大字。

韩愈是文人，却在民间受到远超帝王的隆遇和尊崇。

可见，这个世界上，虽多有战争、血腥和霸权，但最终的升华和结晶是文明。

时光，在天地之间缓缓地流淌，亿万年同一个节奏。我们人类，在历史的驿路上狂傲地、贪婪地、激情地，却又无奈地追逐着、梦想着、成长着、衰亡着、新生着……

沧海桑田，实在是人间正道、洪荒大道。

当年，曹操就是在这里，面对秋风萧瑟，眯缝双眼，看着碣石，看着大海，看着太阳，看着落叶，看着红颜和白发，看着短暂和永恒，发出了人类共同共通的感叹。

现在，又是萧瑟秋风，我们来了，仍然感叹着同一种感叹——同样的温度、同样的长度、同样的频度、同样的酸度……

只是，我们眼前是汽车、是高铁、是手机、是微信、是新世界、是新机会。

还有葡萄园。一杯杯酡红的葡萄酒，酸酸的、甜甜的、怪怪的，却又是迷人的。那是纯正的法国风味，正在走进中国肠胃、滋润中国精神……

是的，在信息化的今天，许多梦想，不必等待千年，而是只需几十年，或者几年。一道灵光、一条思路、一个行动，就可以改变，就可以实现。

信风浩荡，无所不能。梦想开花，民族复兴！

千年亦瞬间，瞬间亦永恒！

2017 年 10 月 22 日，金风满树、艳阳涂彩。我们一众文友，跟随采风团，踩着秦始皇、秦二世、汉武帝、魏武帝、隋炀帝、唐太宗等先人深深浅浅、歪歪正正的脚窝，拜谒碣石山。

置身仙苑，良多感叹。独坐山顶，情思飞远。

遂记述于上。

（2018 年 1 月 18 日作于上海，发表于《燕赵都市报》
2018 年 2 月 6 日）

燕飞翔

1988 年前后，我在河北大学作家班读书。

班上有一位长我十多岁的席学兄，来自河北省最北部的张家口市崇礼县农村。他时常谈到家乡情景：燕山深处，贫穷，不少人住窑洞，冬天奇冷，竟然零下 40 摄氏度。

我的老家在河北省最南部，虽然也贫穷，但没有人住窑洞；尽管也寒冷，却只是突破零度线。我，真是难以想象如此贫穷和酷寒中的人类生活。

听他讲述，我印象最深的还是冰雪。外地人面对此物，均小心翼翼、蹑手蹑脚，而那里的人们，每人一架冰车、两只冰锥，来去如飞。

日子虽然寒冷又贫穷，却也有独特的快乐啊。

白驹过隙，一晃三十多年。

这期间，由于路途遥远且偏僻，我从未去过崇礼。虽身未至，却常耳闻，知道那里是全国有名的贫困县，但同时又在因地制宜，侧重发展冰雪产业。于是，我的心头便常常浮现出燕山深处的那一片晶莹世界：群山黑瘦瘦，冰雪白胖胖，人们轻盈地滑行，宛若梦境。

实在没有想到，这片寒冷寂寞的土地，正在迅速发酵，逐渐成为世界冰雪运动的中心之一。甚至，第24届冬奥会的主场馆也落户于此。

转眼间，崇礼，已成为世界焦点。

在北京冬奥会开幕之前，我终于走进了焦点中心。

这里的山，不高不低、肥肥墩墩，仿佛老天专门为了某项产业而设计。的确，此地位于内蒙古高原向华北平原的过渡带，又是阴山余脉与燕山山脉的交会处，山体高大却平缓浑圆，格外适合冰雪运动。

特别是天气，每年十月进入冰雪季，直到第二年四五月。李白的名句"燕山雪花大如席，片片吹落轩辕台"，即描写此地。自古以来，土生土长的人们为了生存、生活和生产，开发了以冰车、冰锥为代表的最原始的冰雪运动，大大节省了脚力和体力。

大自然，为贫穷的人们减免了一半的摩擦力。

于是，人们串亲戚、会朋友、上学、打猎、相亲，甚至打架、偷盗、偷情，都挥舞着冰锥、驾驶着冰车。

如果没有现代社会，如果不是濒临北京，冰车和冰锥，或许还是这片冰雪大地的主角。

确实，这里的现代冰雪运动，得益于时代发展，也要感谢首都北京。这些年，人们经济收入丰厚了，生活节奏加快了，精神追求多元了，便将目光投向了这片位于北京之西的山地雪原。20世纪90年代初期，崇礼县就诞生了第一块现代化滑雪场。

冰雪运动，实在是现代体育的重要组成部分。想想吧，人类利用平地、沙漠和水域等，开发了各种各样的体育项目，以强健身体、开阔精神。冰雪区域是人类生存和生活的主体板块，而冰雪运动更是一个乐趣无穷却又方兴未艾的精彩世界呢。

时尚的滑雪板和滑雪杖，由高科技的金属、塑料和木材混合制成。滑雪板的爷爷，就是原始的冰车呢，而滑雪杖，则是冰锥的升级版了。

真正的滑雪者，喜欢的是速度、刺激、美感以及征服自然的成就感。

没错，当你站在雪山之巅，漫天飞雪模糊了视线，远处的风景犹如一幅意境优雅的油画。你穿着鲜艳的滑雪服，戴着新潮的滑雪镜，脚踩滑雪板，手舞滑雪杖，从高处飞速滑下，寒风在耳边嗖嗖作响，白雪在脚下哗哗犁开。身体在雪原上飞舞，心情也在天地间飞舞，忘记了烦恼，忘记了疲劳，忘记了时间……

此时，远离城市喧嚣的莽莽雪原，就是你放飞生命的悠扬舞场！

那种飞翔，是身体的放飞，更是精神的高蹈。

21世纪初期，崇礼县已建成七大滑雪场，小型滑雪场更是遍地开花，不计其数。且不说与之配套的相关产业，就是房地产业也大大带动了。大型雪场附近的楼房价格，不仅超过了张家口市中心城区，甚至高出省会。2016年，伴随着城镇化的漫延，崇礼县更名为崇礼区；2019年，崇礼区提前宣告彻底脱贫，全面走进小康。

现在，崇礼区的山间，哪里还有窑洞和土房，到处是现代化的精致乡村。

我也终于见到了席学兄。

他原是当地作协的负责人，现已退休。他告诉我，每到冬天，全国各地的滑雪爱好者，便如燕子逐春般翩翩而来，长住几个月，尽情地享受热雪沸腾的欢乐。他虽年老，也正在跟着孙辈学习滑雪。说着，他笑了，笑声一如冰雪般晶莹闪亮。

顺着他烂漫的笑声，我看向那一望无际的燕山。

千千万万个山头们，披着厚厚的积雪，白白胖胖，像一只只白兔、一群群绵羊，一匹匹骆驼，静卧着，微笑着。

我突然想，这片中国北部的山脉，为什么取名燕山呢？

"燕"字始见于商代甲骨文，象形字，形肖燕子。在古代，燕子，是春使者，又是吉祥鸟。在古汉语中，"燕"又与"匽""宴"同义，是安宁幸福的象征，比如新婚燕尔、燕燕于归、燕乐等等。可见，燕字寓含着先民们美好的梦想。

是的，如果说过去的燕山山区，遍布贫穷，山民们即使拥有原始的冰雪之趣，也多是无奈的苦中作乐。那么现在，整个燕山区域和全国一样，已经全部富裕起来、美丽起来。

过去沉重如山，如今身轻如燕。燕山，这乌黑与雪白的精灵，和太行山、大别山、井冈山等等曾经沉重的翅膀一起，恰似一群矫捷的燕子，轻盈起来、飞翔起来。

这群燕子，是春燕、是紫燕、是海燕。它们衔着和平枝、带着导航仪，飞在新时代、飞向中国梦……

（发表于《河北日报》2022 年 2 月 11 日）

感谢温其久

读小学时，我更是一个懵懵无知的孩子。

每天没时没晌地和小伙伴们在街巷里玩耍嬉戏，稀里糊涂、混混沌沌、不着边际，更不摸门径。

比如看书，当然是小人书。我只是看热闹，看那一幅幅打打杀杀、夸张变形、幽默诙谐的画面，却不懂得去阅读下面释图的文字。

小朋友们常常聚在一起讲故事。其中有一个小伙伴，乳名小魁。他的父亲是兽医，月月领工资，这在村里属于高贵家庭。高贵家庭，多有书香，孩子见多识广。小魁善于讲故事，开口三国演义，闭口水泊梁山，眉飞色舞、天花乱坠。

我羡慕地看着他，心壁上爬满了灰色的自卑。

1976年前后，现代京剧样板戏《杜鹃山》电影在全国热映。杨春霞饰演的主角柯湘，不仅身段俏、扮相靓，唱腔也激情高亢、充满飒爽英气，吸引着亿万观众，更让青春期的男孩们想入非非。每逢放映，个个张大瞳孔，放光放电、心思缭乱。我年幼无知，身体未曾发育，尚不懂得欣赏女性，却独独看好剧中的一个反面人物——叛徒温其久。

电影演完了，黑黢黢的乡场上，村人踢踢踏踏的脚步随着水一样的月光渐渐散去。黛蓝的夜空，眨眼的星星，甜甜的晚风，唧唧的虫鸣，还有温其久那阴阴晴晴的脸谱，撩拨着我的心弦。

为什么喜欢反面人物呢？

现在想来，大概是因为审美疲劳吧。那时，舞台屏幕上都是"高大全"人物，金光闪闪、正色庄容，鲜见人情味，没有烟火气。而一些反面角色，比如电影《小兵张嘎》里的胖翻译官、《英雄虎胆》里的女特务，更接近生活，有血有肉，别具特色，让人过目难忘。

叛徒温其久，虽是《杜鹃山》里的配角，但眼神闪闪烁烁，举止诡诡异异，唱腔长长短短，活灵活现，让我感觉别样的真切。

一个夏日的午后，小伙伴们又聚拢一起，叽叽喳喳地说起了《杜鹃山》。

小魁说他也喜欢温其久，并给我们讲解其叛变的前因后果，还把他与村里的某个人联系起来，神色、举止、腔调等等，说得有鼻有眼，头头是道。

小魁年龄比我还小，见识竟然如此深广。

我更加佩服了，弱弱地问："你说的这些是从哪儿来的？"

他不解地看着呆呆的我，从口袋里掏出一本小人书，指点着图画下方说："这里面都清楚地写着呢！"

我赶紧凑过去，盯着图画下方。哦，那是一行行密密麻麻的文字，像一群黑簇簇的蚂蚁，又似一窝阴森森的蜂巢，陌生而又玄奥。

他又指着画下的"温其久"三个字，说："看，这不就是写他的名字吗？温——其——久——！"边说，边用手指戳了三下。

我定睛细看这三个字，一笔一划，周周正正。

严格地说，我当时已经读到二年级，应该学过这三个字。可那时仍是"文革"后期，学校并不正规。我家里弟兄多，生活困难，父母每天上工，日夜忙碌，少有心思管教我们。我虽然上学，稀稀疏疏地认识几百个汉字，但这些仅仅是刻印在课本上，并没有进入我的课外阅读，更没有与我的生活接轨。

看着我可怜巴巴的稀罕样子，小魁答应把小人书借给我。

我顺着"温其久"的招引，一行一行，一页一页，借助字典，吃力而又惊奇地读下去。虽然磕磕巴巴、生生涩涩，却也亦步亦趋、惊喜连连。

我永远记得，那是一本淡红色封面的小画书，内页是黑白照片——电影剧照，每张照片下部都有一段简洁的文字，诠释画面内容。看着文字，再回想电影语言，我终于真正理解了一个完整的《杜鹃山》故事。

噢，以前怎么就傻傻地忽视了这些奇妙文字呢？

从此，我就迷上了课外阅读。玄妙的故事、曲折的情节、简洁的语言、颤动的灵魂。真是"不到园林，怎知春色如许"。

于是，我正式开始用自己的眼睛、自己的心灵，去辨识这个陌生的世界，倾听小村里的一切声响。堂前的树、门前的路和天上的月亮。小村，自然然地向我展示着诡秘的内涵。夜里，月光银白，浑圆的麦场似一张烙熟的油饼，弥散着莫名的诱惑。躺在暖融融的麦秸窝里，看着漫天摇曳的星星，听着漫无边际的天籁，我开始想象许多莫名的事情。下雨了，街道上挤满了白白胖胖的水泡儿，呼喊着、嬉闹着、熙熙攘攘地向东流去。裸着红红的脚丫，踩着凉凉的流水，在小村里漫游，雨丝淋湿了头发，心蕊却在默默绽放……

那些精灵的文字，像一群群轻盈的蜜蜂，爬满了我的心壁，飞满了我的心空。稚嫩的思维，开始慢慢结巢。

无疑，正是温其久，这个叛徒，把我引入了一个丰富多彩的文学森林。

一晃三十多年。我一路攀爬着、采撷着、吸纳着、收获着，有成功、有失败、有痛苦，也有快乐。这森林越来越茂密，越来越幽深了。我愈发摸不着边际，但也愈发地感觉到她的无穷美魅。我完全迷失其中，陶醉其中了。

但，我永远记着这最初的启蒙，记着温其久，记着小伙伴——小魁。

只是，自从我考入县城中学之后，就很少有机会和他见面了。

去年春节回乡，我终于见到了他。岁月的风雨在他曾经童稚的脸上，敷满沧桑。不到天命之年的他，竟然一副老年形貌了。

唉，岁月如宰刀，刀刀催人老。

瞬间的叹惋之后，我惊异地发现，他的见识依然宽广，思考仍旧锐利。国内国外，政治经济，乡土街市，无所不知。尤其谈到食品安全，更是内行。他继承父业，在村里担任兽医，负责肉品检疫。他告诉我许多鉴别常识，让我心惊肉跳。

我便隐隐遗憾，像我这样呆头呆脑的人，侥幸走出去，竟然也小有所成。若非，依他的聪慧，定然要成就一番大业吧。

可是，再看他，一身整洁，一脸由衷的开心，一副单纯而美好的幸福模样。

是的，乡村的风霜粗糙了他的肌肤，但澄澈的阳光赠给了他的健康，朴实的人情赋予了他的开朗，于是，他被安顿在村野的身心，便始终简单、饱满而丰盈。

可我呢？虽跻身都市、坐拥繁华，但举手投足，常常身不由己、言不由衷、瞻前顾后、蹑手蹑脚，似乎是一个扮演"高大全"人物的演员，有一种说不出的拘束和疲累。

这样想来，什么是幸福，什么是成功，却又说不清、道不明了。

和小魁说起儿时故事，说起温其久。他满脸茫然，嘿嘿而笑。

显然，他早已记不得了。

（发表于《燕赵都市报》2015 年 11 月 14 日）

红与黑

昨天傍晚，我去篮球馆运动。

走到楼下，看到一家门扉上刚刚办婚事的大红喜字坠落在地，便开玩笑说，不祥之兆啊，这对新人将来要离婚。

一同下楼的妻子，狠狠瞪我一眼：乌鸦嘴。

球场上，大都是年轻人。我略加热身，就冲了进去。

这些年，我一直坚持打篮球，身体状况保持良好，虽已人到中年，但在球场上跑跳争抢，几乎与青年人无异。有时候，二十多岁的大学生们累得躺倒一地，我仍然生龙活虎。现在的多数年轻人啊，体质真的不如我们当年。

生龙活虎的我，接连投进了几个球，引起观众的喝彩。

休息间隙，有人羡慕地说，我是球场上年纪最大的那个人，别看五十多岁，但跑跳起来比三十多岁还敏捷。

受到鼓励，内心骄傲，我便愈发地张扬起来，拼抢也更加凶悍。

已是晚上八点多了，早就大汗淋漓、精疲力竭。本想撤退，却又经不住别人的挽留，仍然一局一局地争强求胜。

突然，球飞来，几个人同时争抢，我也虎扑上去。混战中，右手小拇指猛地戳在球上，感觉"咯噔"一声，火辣辣。

抬起手来，乍然发现小拇指折短了一截，又黑又粗，仿若犄角，且完全麻木。刹那间，我的脑海一片混乱。

骨折！

我想到了人生，想到了未来。本人以敲字为业，右手残疾，何以生存？

顿时，万分惊悚，心底一阵悲哀，眼前一片乌黑。

队友们纷纷围过来，大眼瞪小眼，有的安慰，有的唏嘘，有的催促赶紧去骨科医院。

情急之中，我想起了同乡兼朋友——本市中心医院骨科主任赵医生。

火速联系。真是幸运，赵主任正在家里。他让我快快过去，到他居住小区的门口。

一位球友马上开车，疾驰而去。

此时，已是晚上八点半左右，路人仍是稠密，车行较慢。我心急如火，举着自己黑黑的手指，犹如举着自己命悬一线的未来。

不得不说，打篮球四十多年，这是受伤最重的一次。我在心底狠狠地责怪着自己，骂自己的轻狂，骂自己的孟浪。

来到约定地点，终于见到赵主任。

站在路边，借着路灯，他细细看过，又摸一摸，判断不是骨折，乃脱臼。说着，一手抓住我的手腕，一手抓住我的小拇指，用力慢慢地向外抻拔。此时，我感觉一阵酸痛，并伴随着"咯噔"一声。他又环绕拇指，捻搓几下。稍顷，点点头。

整个过程，只有几秒钟。

我再看，小拇指除了仍然黑紫肿胀之外，整体顺直，不再畸形。我暗暗用劲儿，指尖竟然有了知觉，能够蠕动了。

他告诉我，休息两周，便可恢复。

此时，妻子也惊慌地赶到了。看到如此结果，真是谢天谢地谢神医。

我的心底，霍然又重新燃起了满天明亮，感觉人生又回到了正轨。只是，心底里已经多加了一份沉稳和告诫，未来的每一个日子，都要遵从节奏，有所敬畏。

回到楼下，再次路过那个新婚的门口。

我和妻子停下脚步，拾起那个坠地的红喜字，恭恭敬敬、工工整整地重新贴了上去。

（发表于《新民晚报》2023 年 11 月 2 日）

枣花村

枣树，或许是春天里最后一个醒来的植物。

惊蛰春分、清明谷雨，当春风铿铿锵锵地锣鼓喧天的时候，当百花争先恐后地粉黛登场的时候，当翠绿无孔不入地覆盖地球的时候，它却像一个慵懒的老农，穿着皂黑粗布棉袄，依然蹲在墙根下打盹儿。直到小满过后，才睁开惺忪的双眸。

然而，一旦醒来，便是厚积薄发，排山倒海。

站在村头，远远望去，黄灿灿、雾腾腾、氤氤氲氲，宛若一团燃烧的火焰。

走进小村，到处是奇形怪状的老枣树。树身粗皴焦黑，却又新枝繁茂，葳葳蕤蕤。每一根枝条上，缀满了清新嫩绿的鲜叶，在阳光中，羞羞的、颤颤的，明眸皓齿，流波送盼。最是叶柄上结满的米粒大小的细碎黄花，若一盏盏灯火，像一只只纤手，似一张张嘴巴，在清风中摇曳着、微笑着、歌唱着，唑唑唑、嗡嗡嗡、嘤嘤嘤。那是土地的呢喃，那是乡村的耳语，那是时令的笑靥……

一片片枣花凋谢了，在风中飘舞，仿佛漫天金屑。落在凹处，聚在墙角，静静地喘息。每个人的头上、身上、头发上、眼睫毛上，也落满了。于是，整个小村，整个初夏，都香起来了，都变成了枣花的臣民。

闭上眼睛，沐浴香熏。那种醇厚和温热，若闻乡音，如归童年。

这一切，就是 2015 年 6 月上旬的邯郸县小堤村。

这个仅有 200 多户人家的小村，位于漳河故道，远离城镇，独处偏僻。也许正是因此，才遗留了原始村落的鲜活样本。

据族谱记录，该村先祖明代从山西迁来，携带枣树幼苗，以赓续根脉。枣树蘖根生长，更适宜这一方水土。几百年来，家家户户、房前屋后、村内野外，处处枣树。

哦，枣树，中国北方最地道的乡土树种。

　　《诗经》曰"八月剥枣，十月获稻"；《韩非子》有枣栗赈济饥荒的记载；《战国策》中，苏秦在谈到燕赵之地时曾言："枣栗之利，足实于民矣。"这些都说明，枣曾是北方的经济命脉，也是君王考量治国安邦的重要依据。

　　两千多年来，枣树始终是北方乡村的经典记忆。

　　唐朝诗人刘长卿写道"行过大山过小山，房上地下红一片"。宋代诗人张耒笔下则别具画境："枣径瓜田经雨凉，白衫乌帽野人装。"

　　当然，最著名者，还是苏轼。"簌簌衣巾落枣花，村南村北响缫车"，更是写尽了枣花时节的田园风光。

　　近人咏枣，首推鲁迅。客居北京时，他寓意深刻地写道："我家后院有两棵树，一棵是枣树，另一棵也是枣树。"

　　枣树与国人的深厚情缘，还在于其实用性。

　　俗话说"桃三杏四梨五年，枣树当年就换钱"。而且，枣树生命力顽强，抗旱涝、耐苦瘠，即使灾荒年，庄稼绝收，也能如常结果，续人饥肠。其枝干，堪称钢筋铁骨，不仅是高档家具的上选，还可制作切菜板、擀面杖、蒜臼、棒槌、木梳、筷子等等，全方位佐助人们的生活。

　　有趣的是，它也是农村婚礼的主角。新人被褥里和橱柜中，总要放一些红枣，喻示"早生贵子"。

的确，漫长的岁月中，枣树是每个村庄、每个家庭最常见的主人。虽然长相丑陋，粗粗笨笨，却憨厚诚实，像一个木讷无言的庄稼汉。毋宁说，它就是每个村庄的城隍庙，每个家庭的守护神。

枣树，早已扎根于北方乡村的灵魂深处！

六月中旬，枣花落尽，根蒂部便会长出青胎。风来了、雨来了，都会有楚楚青果凋谢，直让人惋惜呢。不过，勿要担心，枣树多子，尽管落下一层又一层，百分之九十九流产，但剩下的还是稠密。

三伏天，火辣辣的日头下，这些小精灵们赤身裸体，在光合作用的配合下，按照自家的祖传秘方，默默地酝酿着甜蜜液汁。而同时，身体也在日日夜夜膨胀，今天像豌豆，明天似葡萄，后天便是橄榄大小了。看着那一根根果实累累的枝条，仿佛一个个辛苦的孕妇，你会禁不住地心疼呢。这时的你，再也不会埋怨它的懒惰了。

一夜秋风起，涂黄又涂红。枣儿们成熟了，定格为一枚枚赤红的椭圆，宛若村民们的一张张脸庞，似父亲的兴奋，如母亲的欣慰，若新娘的羞赧，像醉汉的狂癫。

中秋月圆，枣子落竿。孩子们挥舞着长长的竹棍，在树上扑打。枣子"噼里啪啦"落下来，像乒乓球，在地球上来回蹦跳着。间或砸到孩童的脑门上，溅起一声声惊叫、一阵阵嬉笑。

枣子打下来，摊在房顶，晾晒，紫红紫红。可以做馍，可以酿酒，可以熬粥，可以款待客人。

冬天里，枣树又恢复虬枝铁干、粗皴焦黑，在冰雪中酣然睡去。村民便围坐在枣木小凳上，品着醇厚的枣酒，嚼着香甜的枣馍，喝着蜜稠的枣粥。枣红的脸上，游牧着枣红的微笑。

小村人，就这样生活在枣园里，泅渡着古色古香的岁月。

初夏时节，整个小村，像一个文静的村姑，熏风吹悠悠，枣花落满头，扎着粗辫，眨着毛眼，吟着乡谣，站立在今天的田垄，回眸着昔日的枣香……

那里，是最原始的故乡，是最立体的乡愁！

我为什么如此多情地描写这个小村呢？

2015 年，我从省城下派，挂职邯郸县委常委。期间，曾数度走进小堤村。由此触发乡思，诉诸文字。

（初稿于 2015 年 12 月，收入《乡村的笑靥》一书，发表于《人民政协报》2022 年 5 月 20 日）

汝是母亲河

　　每一个女人，未必都是母亲，但每一条河流，定然都是母亲河。

　　那一汪汪柔情，像乳汁、似血液，滋养着这片地域上的每一个生命，萌动了每一朵花开，绽放了每一缕微笑，孵化了每一对爱情。又如同一根长长的瓜蔓，哺育了一个个扁扁圆圆、大大小小的瓜胎般的村庄和城镇。

　　在我的理解里，母亲河是一个宽泛概念，是人类对河流依偎、依赖的一种最神圣、最深切的情缘。

　　但是，万物总有根源。最具体、最初始的母亲河是哪一条呢？

暮春时节，我来到中原腹地的河南省汝州市。徜徉在汝河两岸，体味着丰厚、别致的地域文化，眼前猛然一亮。

中原，是中华民族原始的胎盘。约 7000 年前，这里仍处于新石器时期。人类经过上千万年发育，已经彻底从猿猴中进化出来，有了朦胧智慧，学会了磨制石器、烧制陶器，并且有了初步的语言、音乐和舞蹈。这个时期，是十足的母系氏族社会，正是后世推定的女娲时代。

女娲时代，也是古籍里的伏羲时期。据考证，伏羲氏的活动区域，便是中岳嵩山，位于汝州北侧。《世本·氏姓篇》载："女氏，天皇封弟娲于汝水之阳，后为天子，因称女皇。"此河因在女娲氏封地，而得名"女水"。古代"女""汝"通用，故亦称汝河。

汝河，是古代唯一把水与女结合起来命名的河流！

尧舜禹的故事，大都发生于这个区域。夏朝的核心领土范围西起河南省西部、山西省南部，东至河南、山东和河北三省交界处，南达湖北省北部，北及河北省南部。其中心，便是包括汝州在内的今偃师、登封、禹州一带。

汝河，静静地流淌、默默地滋润，伴随着这块土地，从胎儿走向婴儿，从蒙昧走向文明。

孰能佐证之？

当然是文物。

1982 年秋天，中国社科院考古所在汝州市中山寨遗址中发掘出一支骨笛。这支用鹤骨制作的十孔骨笛，被认定为裴李岗文化时期的遗物，距今已有 7000 多年。据音乐史家确定，此笛已经具备 12 个平均律中的 10 个音。在遥远的新石器时期，在没有任何科学仪器的辅助下，能够如此精确地计算出音孔位置，中山寨骨笛，堪称人类音乐史上的奇迹！

的确，那时的人类，还没有文字，更没有数字，但已经有了音乐。那是心灵与心灵的感应，那是微笑对微笑的认同！

于是，文明的胚芽萌生了。

人类精神深处的第一泓暖流，开始流淌了。

这，也许便是中华文明之河的滥觞。

上古时期，汝河颇为著名。《荀子》描述："汝颍以为险，江汉以为池。"汝河源头之一沙河，起自于伏牛山区木达岭，另一源北汝河，发始于嵩县跑马岭。两河在襄城县岔河口汇合后，统称汝河。

3000 多年后，一个青春女子，一边在汝河大堤上砍柴，一边低吟："遵彼汝坟，伐其条枚。未见君子，怒如调饥。遵彼汝坟，伐其条肄。既见君子，不我遐弃……"这首名曰《汝坟》的歌谣，被收入《诗经》中。

彼时，周朝已经建立，周礼正在形成。高高的汝堤，那是大禹治水的遗物。大堤上种桃植桑，可食可衣。春天来了，桃红桑紫，那是爱情的信物。

于是，人类在音乐之外，又有了诗歌。

《诗经》，是中国文学正宗的源头。其核心的《国风·周南》部分，便是这一组以《关雎》《汝坟》等为代表的 11 首抒情诗。而其中，唯一写明地点的河流，便是汝水。

汝河，也是中国文学的母亲河！

又是 1500 年，汝河岸边另一个兼具诗性与柔性色彩的天才出现了。他，便是刘希夷。

"年年岁岁花相似，岁岁年年人不同"，这句诗表面上明白如话、通俗如常，却道出了人类数千年来对青春、对生命最深切、最细腻、最精准的情感体味。日子黑黑白白，岁月青青黄黄，春来春去，花开花落，感伤而无奈。这种感觉，人人心中有，个个笔下无，却独独被汝河岸边的唐代青年诗人刘希夷一语道破，直抵心窝，冠绝古今，让人鼻酸眼辣。

刘希夷，虽系男儿，却是琴心。因为他的柔肠里，流动的是汝河水！

如果唐朝的爱情是芳香和流逝，那么宋朝的温柔却是浓稠和凝固。

瓷器被称为中国古代的第五大发明，汝瓷则位居宋代五大名瓷之首。聪明的汝州人，用汝水和汝泥，仅靠单纯的手工制作，便囊括自然之韵、人性之柔、艺术之美，把青瓷做到了极致。天青与豆青，宛若汝水秋波般灵妙，仿佛少女肌肤般细腻，与天地相通，与道教相通，与人心相通。

千年汝瓷，犹如母亲的一袭青衫，洋溢着永恒的温馨。

春和景明，我在汝河边漫步。

清澈的汝河，丰丰盈盈、波光粼粼，似母亲的微笑，若女娲的慈颜。河堤上，虽然告别了桃树桑树，却更是杂树生花，油菜黄、槐花白、樱桃红。

那一片片青翠新绿和姹紫嫣红，仿佛婴儿的脸，宛若新娘的羞，在阳光明媚中，摇曳着、弹奏着，咝咝咝、嗡嗡嗡、唧唧唧。那是大地的吟唱、那是太阳的私语、那是永恒的音乐、那是生命的诗篇……

是的，这里是中原大地的胸脯。北依禹州，大禹封地、夏朝都邑；东连郑州，商朝都城、中原牛耳；西邻洛阳，周朝故都、礼乐源头；南望南阳，楚汉文化、医圣商圣。

依偎在母亲河边，我的身心，似乎已与这片大地融为一体，感觉无限温暖、踏实且自信！

（发表于《人民政协报》2016年6月21日）

我的太阳

你经常出汗吗？

当然。

你一次出汗量是多少？

茫然。

你最大的一次出汗量是多少公斤？

愕然。

但是，我可以明确地告诉您：本人最酣畅的一次，出汗 3 公斤！

骇然。

别看我书生文弱，却是一个俗人、粗人。我最大的业余爱好，便是打篮球，野蛮地奔跑，落水狗般地流汗。这个习惯，已有三十余年，与我的写作年龄一般长。

上小学时，村西的中学里有一个篮球架，老师们和高年级学生常在那里投篮和比赛。金黄色的皮球，蹦蹦跳跳，在人们手中争抢着，"唰"地又飞进了网窝，溅起一阵阵浪花般的尖叫。由于年纪小，我只是观众，只有羡慕。

到县城读书后，体育老师姓李，擅长篮球。他身材中等，快如闪电，却每每在突破之时骤然变换节奏，改用慢三步，宛若蝴蝶穿花，在敌人措手不及之际，轻松上篮。在他的影响下，我也逐渐着迷。冬天的凌晨，天微明，悄悄起床，满地白霜，冰凉刺手。刚开始，周身僵硬，缩手缩脚，不一会儿便浑然忘我、汗流浃背。偶尔，顽皮的篮球滚入场外的草丛中，跑去搜寻，却无踪影。迷惘无措，猛然抬头，发现天上有一个巨大的金黄色篮球，扑面而来。那，便是正在冉冉升起的太阳。

汗水浇灌中，我的身体快速发育，从一个瘦弱儿童变成了一个健壮少年。而且，在玩味篮球的节奏中也逐渐醒悟了一些特殊的文学感觉。那种特有的韵律，弥漫在无言中，让我的文字也悄然绵密和细腻起来。

上大学时，我是系篮球队队员，常常参加比赛。

参加工作后，走进社会，告别篮球。每天吃喝玩乐，竟然长成了一个亚肥胖。中等身材，不到 30 岁，体重却超过 80 公斤。举手投足，已然有了些许沉重。

一天早晨，我去体育场散步。看到球场上有人拍打篮球，不由自主地上前一试身手。笨手笨脚中，却也找到了几缕当年感觉。散场时，他们邀我明日再战。于是，我当天便购置了球鞋球衣。第二天早晨，一场比赛，一身大汗，便与大家成为朋友。

这些球友，有下岗工人、饭店厨师、歌厅老板，还有火车司机。我们在一起，只呼姓氏，不问名字。每天鏖战三五局，大汗淋漓，兴尽而散。归途中，太阳已然起床，像一个巨大的篮球，君临天下。

两个月后，体重减少 6 公斤，回归正常状态。

后来，我迁居市区东部。虽然周围有球场，早晨却常常空无一人。于是，不得不寻找旧时球友。可距离太远，而我又不会开车。无奈，只有打车，来回 38 元。开始的时候，总是心疼，自责奢侈，但后来想，老子不抽烟、少喝酒，花钱买健康，值！

所以，十多年来，常常如此，直到今天。

过去曾经认为，篮球只是一项简单的出汗运动。深入其中之后才知道，这是一个深奥的、复杂的快乐世界。别看双方只有几个人，战术和技术却变化无穷。每一个细节，每一个动作，每一个节奏，都蕴含着无限洞天，包藏着无数机会，隐匿着无尽乐趣。比如突破中的节奏变换，在双方竭尽全力的攻防中，如果攻方巧妙地掌控时机，能够在敌方力量全部投出时，骤然停顿，更换慢档，便会产生奇异的效果。这时候，你就会像一个慢节奏的舞者，看着对方的错愕，飘逸地跨越；又如，投篮之前，对方防守密不透风、几近窒息，完全没有机会。此刻，你若突然启用一个逼真的假动作，便会骗取对方高高跃起，霎时在你面前空出一片宽敞天地、一段漫长时间。这时候，你就可以从容地投篮，"唰"地一下，轻松入网。此中快感，妙不可言！

球场上，不仅体会快乐，还可以触发无尽的创作灵感。

的确，前往球场路途上、比赛过程中，都会有诸多灵感闪烁，特别是赢球之后，头脑极度兴奋，万里晴空，碧蓝无云。思维的火花，像闪电，哔哔吧吧，频频引爆。这时候，我会赶紧掏出本子，记下来、记下来。

许多构思，许多创意，均来自于球场。

这些年，应酬日多，常常饮酒。我总感觉，真正的创作，需要最佳状态，就像奥运会运动员一样，若要创纪录，必须封闭训练，禁绝杂欲。所以，为了保持宁静心态，我平时坚决禁酒。一旦饮酒，便马上打一场篮球，出一身大汗，彻底释放酒精，以保证大脑澄明如水、纤尘不染。

2008年夏天，我从四川地震灾区平安归来。各方盛情，难避难却，不得不屡屡饮酒。酒后的大脑，飘飘忽忽，似有一层雾岚，驱之不尽。而这时候，报社频频催稿。没有办法，我决定狠狠地打一场球，把扰乱之物全部清零洗白。于是，第二天凌晨，我早早起床，赶往球场。行前称量一下体重，79公斤。那天早上，我连续打球三个多小时，比赛无数局，大汗淋漓。垂下双手，汗水顺着指尖，滴滴哒哒，成缕成线。

回到家里，再上秤，76公斤！

饶是如此，竟然也没有任何不适感觉，反而浑身通泰，头脑清澈，仿若明镜。

就是那一天，我终于找到了久违的艺术感觉，写出了一篇较为满意的作品，即短篇纪实文学《夜宿棚花村》。

许多朋友规劝，人到中年需科学养生，不宜剧烈运动。但我是一个粗人，早已习惯于野蛮体魄。所以，只要有机会，我就这样拼命地打球出汗。夏天的出汗量，每每在 1.5 公斤左右。冬天呢，在 0.8 公斤上下。

我的思想很简单，只要感觉舒服，就要进行下去！

打球，也看球。NBA、CBA、WCBA，只要有电视转播，全看。每一个当红球星，我大都能直呼其名。不仅看直播，还上网追看球讯。粗算一下，每天在篮球上投入的时间，总要超过三四个小时。

但是，我高兴，且庆幸。

磨刀不误砍柴工。

这样的结果，不仅身体健康、精神饱满，而且创作高效。我这些年的不少作品，大都与篮球相伴而生。

篮球，我的太阳！

（2016 年 9 月 23 日晨于北京会议中心 9 号楼 1228 房间，发表于《燕赵都市报》2016 年 9 月 24 日）

宾住长江头

长江的起点在哪里？

很多人会说，在唐古拉山和昆仑山之间。

但内行人会摇摇头，嘘你。

的确，精准地说，那只是长江最初的胚胎阶段，就像人类生命的孕育期。而人类的真正身份和年龄，最主要标志点是出生。

那么，长江的出生地在哪里呢？

宜宾！

是的，宜宾之上，属于茫茫的青藏高原或边缘地区，遍布雪山，细流如帚。这些水流，逐渐汇聚，最终形成岷江和金沙江。两条江水，一清一浊、一阴一阳，宛若一对相爱的青春男女，心有灵犀、千里奔波，相约在宜宾会合，举行婚礼。所以，水利学家和地理学家们一致确定：两江消失，在此归一；长江之名，从此诞生！

宜宾在哪里？

大西南，云贵川，交界处，翠屏山。

若非一次文学笔会，我怎么会来到这里呢？

仲秋之夜，一轮明月陪伴。我悄悄地走在宜宾市中心的合江广场，静静地观望婴儿的长江。

月辉满天、如雾似纱。两条明亮的江水，分别来自西北和西南方向，默默地在这里合流，组成地球上最大的一个"丫"字。三江六岸的山坡上，遍布五彩缤纷的灯光，高高低低、深深浅浅、姹紫嫣红，比秋叶更绚烂，比春花更斑斓，比夏云更神秘，比冬雪更静谧。驻足倾听，似乎能听到氧离子们相互撞击的声音、鸟儿们翅膀扇动的声音、山峰们轻轻呼吸的声音。

这种静谧，伴随着此间人类，已经几千年。

只是江边的史册，一页页翻过。

僰人，是本地最早的土著。三千多年前，此地荆棘丛生、虎狼出没。他们披荆斩棘、开拓荒野、历尽艰险、建造家园，被史书称为"僰人"。僰，便是

"人""僰"两字的组合。

秦统一后，实行郡县制，在此设立僰道县，治所即位于现今宜宾城区附近。《汉书·百官公卿表》曰"县有蛮夷曰道"。道，意为化外之地。

东晋之后，僰道县长期被"夷戎"占据。南朝梁武帝大同十年（544年），收复失地，置戎州。戎，上古时期泛指西部少数民族。

宋政和四年（1114年），颇注重文化建设的徽宗皇帝将戎州和僰道县分别改名为叙州和宜宾县。叙，同序，序册也，寓意此地正式归化属中原文化序列和版图。宜宾之意，不言而喻。

明朝隆庆年间，由于朝廷在僰人聚居区实行"改土归流"政策，引发冲突。事件的结局匪夷所思，在官军强力镇压下，存世2500余年的僰人竟然在短时间内神秘消失、无影无踪，只在深山高耸的崖壁上留下一具具悬棺。

一曲凄哀的绝世挽歌，一团无解的历史哑谜！

长江之起首，好水自琼浆。历朝历代，此地盛产美酒。1928年，本地酿酒师采用红高粱、大米、糯米、麦子、玉米五种粮食为原料，加以特殊秘方和工艺，酿造出一款香味纯浓的杂粮酒，名动一时，满城陶醉。从此，这种杂粮酒便正式命名为"五粮液"。

20 世纪 30 年代末，日寇铁蹄进犯，狼烟四起。原本位于上海的同济大学为了求得"一张平静的书桌"，辗转迁移到宜宾城外的李庄古镇，继续招生办学。天下俊杰，纷纷来投。而后，中央研究院、中央博物馆等机构，以及傅斯年、梁思成、林徽因、童第周等一众文化精英，也迤逦而来、栖息落脚，为中华民族神圣的文化根脉保留了一簇簇猩红的火种。

今夜，月光似灯、秋声如箫。在灯光和箫声中，我细细地品读着这历史的最新一页。

合流后的江面，骤然宽阔，像一个流光溢彩的巨大舞台。一场天地间最为盛大且辉煌的婚礼，正在静静默默却又轰轰烈烈地举行。三江六岸的山坡上，星云般的灯影闪闪烁烁，仿佛喜蜡摇红，又宛若数十万嘉宾，身着盛装、手舞彩棒，在微笑、在舞蹈、在尖叫……

我分明看到，两个青春的身影紧紧拥抱，融为一体，并对天盟誓：日月不改、恒远相爱，千难万险、白头到海。而后，向着东方，向着朝阳，向着明天，向着大海，投身而去。几千年来，他们勇往直前、初心不改，流经着千万座城镇的门口，链接着每一个人、每一只鸟、每一头牛以及全部动物的血管，沟通着每一棵树、每一条藤、每一株草甚至所有植物的根脉，从而孕育了一颗颗生命、孵化了一场场爱情、升腾了一朵朵梦想。于是，流出了蜀文化的魅、楚文化的巫、汉文化的儒，流出了江岸上三千年的杏花春雨，流出了上海滩百余载的旖旎繁华……

哦，上海。侨居李庄的同济大学，虽然早已回归，却留下了科学的火种、海派的味道。

上海人离开了，五粮液却是自家儿子。几十年来，这杯美酒愈加醇香，已成为中国酒业的领跑者，成为这座城市的顶梁柱。

这一杯醇香，实在是中华民族的一樽美酒，不仅兴盛了一方水土，更以水的形态、火的性格，点燃着和激活着国人的精气神。

美酒故乡，处处香美。蓝天白云，满目青翠。瘦瘦弱弱的山路，白白胖胖的岚雾，精精灵灵的岩石，香香甜甜的野风。特别是现在，天上新月朗朗，江面银光瑟瑟，岸边灯影幢幢，置身其间，独自观瞻，真是如临仙境，如入梦乡。

突然一阵秋风吹面，我猛然醒悟：虽曰仙境，却是他乡。

哦，仙境太遥远，他乡多陌生。

但是，遥远吗？却又未必，却又感觉出一种莫名其妙的亲近。比如上海，虽然相距八千里，却是一水上下，首尾相连。君住长江头，我住长江尾，同食长江鱼，共饮长江水。

而我来自北京。

且不说两地航程，只需两个小时。如今，南水北调工程开通，长江之水早已流入北京、滋润北方。我每天的饮食，皆依赖于此。北京和我，也都是长江之尾呢。

一条长江，贯通着整个国家和民族的血脉。

江头江尾，江南江北。你我他她，相依相偎！

想到这里，心底顿生暖意，刚才的陌生刹时升腾为亲热，俨然亲友，仿佛嘉宾。

忽然茅塞顿开：这座城市的名字，原本就是宜宾！

（发表于《人民政协报》2019 年 12 月 21 日）

通天阁记

认识多少汉字，并不清楚，总有三两千吧。

这众多精灵，宛若一个个鲜活的生命，男男女女、阴阴阳阳、形形色色、肥肥瘦瘦。它们每天疯疯癫癫、恩恩怨怨、打打杀杀、聚聚散散，忽而纵横河朔、啸聚山林；忽而杏花春雨、依偎缠绵。

这个战场、这个情场，就是我的书房。

我的书房，其实就是自家楼顶的一个阁楼，大小两个房间，约 50 平方米。楼下食宿、楼上创作，正可谓：物质是基础，精神在上层。

置身其中，独享安静；花开花落，春夏秋冬。

每每看到一些朋友的书房一尘不染、整整齐

齐、清雅高洁，我便十分羡慕。反问自己，你能这样吗？

曰：不能！

我，根本是一个俗人。

从小写作，便养成随心所欲的习惯，放浪形骸、信马由缰。

我的长篇纪实文学处女作是钢铁工业题材。由于出身农村，不了解工厂生活，更不明白钢铁是怎样炼成的，只能去炼钢车间体验生活。一边深层体味，一边搜集资料。一沓沓蓬乱的书籍文件，堆满书桌；一块块粗糙的碎钢废铁，挤满墙角。整个书房，顿时成为一个手工作坊。我每天看着它们、嗅着它们、摸着它们，寻找感觉，思考着钢铁与生活、生命、国家和人类的关系。

创作过程更是艰难。钢铁工业本身似乎傻大黑粗、灰色抽象，要变成形象而芳香的文学语言，实在艰涩。心高手低、力有不逮，在黑暗中苦苦攀爬、呐喊。瞪大眼，看电脑，满眼血红。有时候，几天几夜，竟然敲不出一个字。烦恼至极，我甚至打自己的脸，痛哭，三百六十行，为什么选择这份职业啊。多少次发誓放弃，但想一想，不能，又不甘。夏天里，没有空调，浑身是汗，裸上身、赤双脚，地板上盛开着一朵朵水灵灵、肥嘟嘟的梅花。

这时候的书房，碎发满地，乱纸盈筐，一片狼藉。

当然，书房也曾眉清目秀。那是完成一篇作品后，或记者采访前，或过年过节时。

这时候，我会认真收拾一下，让书们通通放假，各自休闲、各归其位：或燕雀般栖息架上，或猫咪般地端坐案头，或乖乖地躺倒睡觉，或静静地列成方队。每本书，都有自己的性格，都要舒展，都要舒心，不能有一丝一毫的委屈。

案边一株幸福树，青枝绿叶。心情舒畅的时候，我会细细地把每一枚叶片都擦拭一遍。阳光明丽，凝视那一片片娇嫩的青翠，可看到透明的叶脉，仿佛世界地图；能听到隐秘的喧响，犹如春雷阵阵。

但好景不长，进入下一个创作轮回，一切又重归凌乱。

为什么会这样呢？

文学不是普通写作，而是创作。创，即无中生有、土里生金。恰如平时跑步，是锻炼身体和娱乐爱好，但如果以此为专业，去比赛，破纪录，那便是一种挑战、一种艰难，甚至是一种煎熬。只有将自身状态调整到最佳，把潜能全部激活，才可能有所突破。

的确，这实在是一个自我燃烧的过程，连续几天睡不着、吃不下，绞尽脑汁、搜肠刮肚、辗转反侧、胡子拉碴。半夜里，灵感骤至，霍然坐起，跑向书桌，揿亮台灯，抓起纸笔，狂草疾书。而后，又进入下一轮构思，开始另一份苦恼。那种感觉，仿佛在大山下开掘隧道，一斧一锤，精疲力竭，前路漫漫，绝望似铁，直到訇然凿通，亮光如雪……

我始终相信：没有难度的写作，不会产生好作品。所有名篇佳作，皆是呕心沥血，屈原《离骚》、司马迁《史记》、欧阳修《醉翁亭记》、曹雪芹《红楼梦》、陈忠实《白鹿原》，无一例外。恰似每个婴儿的孕育和诞生，都是一个血淋淋的痛苦过程。

艰难攀爬，终于登顶；一览众小，其乐何穷。

最快乐的时刻，当然是作品发表后。看着新崭崭的报刊，闻着油喷喷的墨香，一杯绿茶，白雾袅袅，仿佛置身深山幽谷，歌声飘渺，百鸟鸣啾。这时候，我会好好犒劳一下自己，邀几位朋友，畅饮一场。

身旁那株幸福树，青青的叶片，默默地绽开，嫩嫩的、鲜鲜的、颤颤的，若婴儿的脸，似新娘的羞。

时间长了，花盆中竟然滋生出一簇潮虫。在这远离地面的高空，它们能与我相守，也是朋友，也是缘分。而且，它们也是一个小小世界啊，有爱情，也有梦想。我不去打扰，更不忍伤害。既然明白生命的短暂和无奈，便不去想象、不去叹息，只是欣赏。

常常地，我会给花盆喂一杯茶水。偶尔，也会恶作剧地多浇一些。霎时，洪峰滔天，大水冲了龙王庙。小虫们魂飞魄散、鬼哭狼嚎，好似遭遇了"9·11"，又像发生了"5·12"。

创作之余，便是阅读。四壁皆书，五千余册。古人、今人、中国人、外国人，一双双眼睛、一个个灵魂，众目睽睽、嬉笑怒骂。徜徉其间，悠然忘我。特别是春秋之夜，月影西斜，暗香浮动，一朵朵美妙的意象，如杨花柳絮，翩翩而至，又如飞天或嫦娥的幻影，裙裾飘飘，隐隐显显。每每读到一本好书，心驰神往，情醉意会，我便深深地饮一口茶，痴痴地望着远方，仿佛作者就坐在那里，向我眨眼、微笑。

书房虽小，却也连通世界呢。打开网络，拿起电话，乡下的父母，美国的弟弟，保定的儿子，各地的师友，尽在眼前耳边。

一介文人，别无所有。只有这里，才是我的王国、我的花果山。在这里，我是皇帝、我是将军、我是孙悟空，每天率领着自己的三千人马，纵横捭阖、攻城掠寨、天马行空、随心所欲。虽然焚膏继晷、夙兴夜寐、含辛茹苦，却又苦中作乐、乐此不疲、疲而不怠，快意而自得。

对于我来说，书房不是闺房，是产房。

天地大且嚣，能有如此静谧一隅，足矣。

我的书房，名曰"通天阁"，位于河北省邯郸市某小区某栋楼的六层顶端。

何谓通天？

古人焚香，以通神灵。而我们读书人，坐拥书香，用以通古今、通世情、通人心、通文明、通天道……

这，便是文学的最高境界、作家的普世梦想。

遂作通天阁记。

（发表于《中国新闻出版报》2016 年 4 月 8 日）

宜兴紫砂

太湖周边城市，我多曾拜访，独独没有涉足宜兴。

今年五月，应朋友之约，前往这座滨湖小城，参加著名紫砂工艺大师顾景舟先生传记研讨会，正好补缺。

国人饮茶，两千多年矣。而茶器之选用，则始终在寻觅中。直到紫砂器出现，才定睛凝眸。

紫砂壶肇创于宋代，盛行于明朝，尤以宜兴最为炙手。

太湖，宛若一把硕大而温厚的佛掌，庇护江浙。宜兴，便位于佛掌之腕的江苏南部、太湖西岸。

紫砂是一种双重气孔结构材质，气孔微细、密度超高。紫砂泥又分三种：紫泥、绿泥和红泥。上等紫砂泥，自古以来独产于宜兴丁蜀镇黄龙山一带。秘宝如斯，真是造化垂青、得天独厚。

紫砂壶沏茶，原汁原味，香聚浓郁。《长物志》曰："既不夺香，又无熟汤气"。使用日久，壶身色泽愈发幽亮，气韵温雅。人茶养壶，壶养茶人，亦如世人养玉。闻龙《茶笺》云："摩掌宝爱，不啻掌珠。用之既久，外类紫玉，内如碧云。"当年，苏东坡常用紫砂陶提梁壶烹茶，并赋有"松风竹炉，提壶相呼"之佳句。

千百年来，古今中外的茶君子，莫不喜爱紫砂。

宜兴紫砂壶，泥质细腻、光泽丰腴、形质新颖、纹饰精妙。艺人所用陶泥，虽然天赋异禀，仍需秘密炮制，皆经过窖藏、淘洗等十数道工序。如此，烧造的成品才能呈现朱砂、暗肝、雪莉、松花、豆青、轻赭、淡黑、古铜等色调。造型呢，则根据鸟兽瓜果形象塑作，并施以写意丰润的纹饰美化。于是，一壶茶水，或橘黄，或酡红，或翠绿，云雾飘渺，清香拂面，如闻山泉响，若听百鸟喧。微闭双目，心花盛开，天地澄澈，物我皆忘。茶不醉人，人已自醉矣。

几百年来，历代紫砂工艺大师孜孜不倦，揣摩探究，求变创新，把多种泥料以不同配比混合，并加入适度金属氧化物着色剂，通过控制窑温和气氛，促使窑变而出的成品五彩缤纷，或紫而不姹，或红而不嫣，或绿而不嫩，或黄而不娇，或灰而不暗，或黑而不墨。

随着时代发展，紫砂不仅仅是日用茶器，也已与江南文化的诗词、书画、弦乐、美食、湖笔等等结为姊妹，成为一张靓丽的中国名片。

信步宜兴古镇老街。窄窄的青石小巷，矮矮的低檐老屋，一扇扇方方圆圆的小窗，一盏盏明明亮亮的台灯。每扇小窗内，每盏台灯下，都舞动着一双双酱色的泥手。

先前，顾景舟就出生在这里；当下，无数个顾景舟就生活在这里。

一把茶壶，从矿石到泥块，从泥条到壶胚，从壶胚到完形，从完形到精雕，然后经过1100度左右的高温，变质固定。于是，泥巴与炉火，经过慧心巧手的演绎，一组和谐美妙的合唱，完成了。

这是一尊凝固的乐曲，这是一颗时光的珍珠。

这是一个恒久青春的鲜活生命，这是一位慈心微笑的貌美妇人。

壶中乾坤，天地氤氲，静夜围坐，唯有你我。品

味生活，品味生命，品评世界，品评历史。于是，人
类的精神世界，更广袤了，更丰盈了。

其实，宜兴，就是佛掌上的一把紫砂壶。

掌上一壶，日月沉浮。

（发表于《燕赵都市报》2017 年 7 月 1 日）